父母之爱，
儿女之孝，
人间大爱，
成功家教。
《天下父母》演绎人间至爱真情，
弘扬中华民族的传统美德。
一个个真实的故事，
感人肺腑，
催人泪下；
高尚可贵的人间亲情，
像火种，
点亮每一位读者心中的爱之灯……

总 主 编　韩国强　祝丽华

总 策 划　刘东杰

副总主编　陈英南　刘大伟

本册主编　吕明晰

本册副主编　陈　沛　张茂聪

编写人员　（以姓氏笔画为序）

王建平　王　洁　卢松波　吕明晰
吕　琳　刘　雯　刘　晖　孙立军
孙华超　陈　沛　邱长海　何　琳
张　雷　张　晋　李秀伟　李德花
邹珊珊　吴　雷　孟广征　房雪冰
林　静　逄海燕　姜良巨　胡　伟
凌　寒　徐　昕　韩　莹

责任编辑　赵燕瑚

美术设计　革　丽

封面绘画　尹延新

摄　　影　吕明晰　施晓亮　陈　沛

校　　对　刘进军

天下父母丛书

总主编/韩国强/祝丽华

大爱无疆

主　编/吕明晰

副主编/陈　沛/张茂聪

山东教育出版社

图书在版编目（CIP）数据

大爱无疆 / 吕明晰 主编. —济南：山东教育出版社，2010
（天下父母 / 韩国强，祝丽华主编）
ISBN 978-7-5328-6673-1

Ⅰ.①大… Ⅱ.①吕… Ⅲ.①故事—作品集—中国—当代 Ⅳ.①I247.8

中国版本图书馆 CIP 数据核字（2010）第 040113 号

天下父母丛书

大爱无疆

总主编：韩国强　祝丽华
主　编：吕明晰

主　　管：山东出版集团
出 版 者：山东教育出版社
（济南市纬一路 321 号　邮编：250001）
电　　话：（0531）82092663　传真：（0531）82092661
网　　址：http://www.sjs.com.cn
发 行 者：山东教育出版社
印　　刷：山东新华印刷厂
版　　次：2010 年 11 月第 1 版第 1 次印刷
规　　格：787mm × 1092mm　1/16
印　　张：13.5 印张
书　　号：ISBN 978-7-5328-6673-1
定　　价：26.00 元

总序

山东是儒家文化的发祥地,在这片土地上涌现出多少可歌可泣的敬老孝亲故事。子曰:“夫孝,德之本也,教之所由生也。”父慈母爱、子孝女敬是社会和谐的基础,是我们应当大力弘扬的基本社会伦理道德。

改革开放以来,我国在物质文明和精神文明建设方面取得的巨大成就有目共睹。然而,在社会发展的过程中,许多优秀的传统文化被边缘化了,消费文化、网络文化等占据了主流。家庭、学校、社会道德教育又没有及时跟进,加之在独生子女教育等问题上我们还没有形成系统有效的理论和做法,由此造成了部分青少年价值观的失落、亲情孝道精神的缺失。“染于苍则苍,染于黄则黄。所入者变,其色易变。”如何为社会创造一个良好的呵护亲情、感恩社会的环境,理应成为当前思想教育工作必须高度关注的一个问题。

埋怨和找借口是没有意义的。今天,当家长把更多的责任推诿于学校时,当教师因学生的不良习惯而对其家庭表示不满时,我们其实忽略了一个共同的问题:孩子的成长是受许多综合因素影响的。家庭教育、学校教育和社会教育没有轻重之分,只是侧重点不同而已,这就是说,孩子的发展应当是多维的,家庭、学校、社会三方合作是实现孩子健康成长的条件。

科学发展观是中国特色社会主义理论体系的最新成果,是发展中国特色社会主义必须坚持和贯彻的重大战略思想。科学发展观强调以人为本发展、全面协调发展、可持续发展,这是当前国家社会发展的基本理论,是实现经济、政治、文化和社会“四位一体”发展的基本理论,进而构建具有和谐意蕴的社会形态。每一个人、每一个家庭都是构成和谐社会的重要因素。基础是什么呢?子曰:“弟子入则孝,出则弟,谨而信,泛爱众,而亲仁。行有余力,则学文。”可见,在孔子看来,孝悌为先,学文还是退居其次的。其实,一部《孝经》早已说出了中华传统美德之本。对于孩子来说,常怀感恩之心是最重要的。而对于成年人来说，在我们日益为所谓“地球村”让世界人民可以更加接近而感到欣慰的时候，这个流动的世界却把我们的心匆忙地分开了。所谓的“忠孝”，很多时候也只能在人们的心中默默留存。很多人会把对社会的责任、对事业的执著当做是一种忠诚，而对工作、对人生的负责也可以算做对父母孝道的一种延伸。所以，既能做到对父母的孝，又能做到对事业、对国家的忠，这是自古以来许许多多善良的人最高的人生追求。

山东电视台的《天下父母》节目开播5年来，通过真实生动的故事和嘉宾访谈，引起无数观众的强烈共鸣，感动了许许多多的家庭，在社会上产生了巨大反响。2009年3月22日，中宣部刘云山部长到山东电视台观看了《天下父母》节目后，给予其充分的肯定，并指示一定要坚持做下去。

《天下父母》丛书从200多期节目中精选了98个最为感人、最为精彩的典型事例作为蓝本，进行更加深入的挖掘和再创作，由名家为每一篇真情故事撰写精彩的导语，由教育专家对每个事例所蕴含的思想及启迪意义给予精辟的点评与解读，进一步凸显了这些真情故事的精神内涵，是一套启迪智慧、点燃真情的好教材。

《天下父母》丛书所讲述的一个个孝敬父母、爱护子女、关爱他人的动人事例，必定会给人们一种心灵的震撼，一种灵魂的净化，一种情操的洗礼，一种道德的升华。

是为序。愿与大家共勉。

李宝库

（序者为中国老龄事业发展基金会会长、
全国敬老爱老助老主题活动组委会主任）

前言

打我们懂事起，就会不止一次地提出这样一个问题：人活着到底为了什么？

1953年，一个大学还没有毕业的年轻人背着行李，一路风尘，来到沂源县教育局，他问的第一句话就是，这里是最艰苦的地方吗？我要到最艰苦的地方去。他叫李振华，是南京的知识青年，凭着一腔热情，响应党的号召一头扎进山区支教。谁也没想到，他这一扎就是50多年。50多年里，他资助贫困学生2000多人，从自己微薄的工资里挤出37万多元救助款。他一生教过上万名孩子，考上大学的就有7000多个，而让他一生都感到遗憾的，是他自己的三个孩子没有一个能够跨进大学的校门。

为了401个孤寡老人搭上一只眼睛的贾秀兰；

做了158个刑满释放人员妈妈的韩雅琴；

为了艾滋病孤儿四处奔波的张颖；

……

《天下父母——大爱无疆》给你讲述一个个鲜活而又生动的大爱的故事。他们用自己最灿烂的生命能量，回答了这个人类最初也是最终的命题——人活着到底为了什么？

仔细阅读吧，好好品味吧，或许，从这些栩栩如生的人物身上，你能得到自己人生的参照，你将得到提高你幸福指数的密码。一旦找到这个密码，你的思想就会上升到这样一个境界：

爱无疆界，幸福也就没有疆界。

吕明晰

目录

1 | 小香玉：爱的演绎

传承爱的血脉，她为穷孩子开辟新的人生；
呼唤美的心灵，她为孩子们创造多彩生活。

13 | 401 个爹娘

放不下走不开她的心中只有爹娘，
风里来雨里去她把爱心献给老人。

24 | 爱，是红色的

血浓情更浓，血红爱更红，
30 年无偿献血用生命谱写红色奇迹；
一生乐于助人，万事他人为先，
下岗职工也可以做慈善家。

33 | 从魔鬼到天使

一个智障、失聪、暴力倾向集于一身的孩子，
一位不离不弃不屈不挠的伟大母亲，
绝望与希望的轮回交替，母爱与厄运的殊死抗争。
爱，超越血缘；情，感天动地。

44 | 我的父亲不是生身父亲

竹子从虚拟走进现实，真情从网络溢满人间；
一个平凡的矿工，用一生兑现对朋友的一句承诺。

54 | 手拉手，不再孤独

他们被称为“星星的孩子”，
孤独症是一种目前还无法治疗的病症，
然而，妈妈却一如既往地爱着他们，
日复一日、年复一年地为他们付出着比其他母亲
多出几倍却又毫无回报的努力……

64 | 母子擒贼记

不入虎穴，焉得虎子！
下岗女工带领儿子与盗贼斗智斗勇展开扣人心弦的擒贼大战。

72 | 情暖人间　爱心大接力

这是一个真实的故事，这是一场超越亲情的爱心接力。

83 | 三个父亲

养父、生父、义父，
三个父亲为拯救身患绝症的女儿，
写下感人篇章。

90 | 嫂娘

一个决定让她改变了自己的人生轨迹，
一声嫂子让她撑起了一个家庭的千斤重担，
“老嫂比母”，这句老话对于她来说重若千钧！

97 | 生命之火点燃希望

一个个遭遇成长烦恼的少年，一位身患绝症的警察，
铁血男儿侠骨柔情；
是父亲，更是朋友，
真情换来真心，爱心赢得信任。

106 | 生死瞬间

他是与时间和死神赛跑的人，他与女儿共同经历了生死考验。
文章记录了排爆警察张保国的生死瞬间。

118 | 46个孩子一个家

女儿的埋怨和丈夫的误解，挡不住她执著的脚步；
为了回报社会，下岗女工收养40多名失学儿童，
老师、妈妈、厨师，一人兼多职；
为了贫困失学的孩子，她甚至愿意舍弃生命。

128 | 挽救一个孩子，就是挽救一个家庭

青少年违法犯罪触目惊心，尚妈妈举案说法敲响警钟；
她是法官，更是妈妈，
她用母爱挽救了一个又一个迷途的孩子，
挽救了一个又一个破碎的家庭。

138 | 李老爸的遗憾

一辈子，无怨无悔，呕心沥血，为了山区穷孩子；
为他人，忘我奉献，大爱无疆，留取丹心照汗青。

151 | 妈妈教我做好人

身教重于言教，
平凡母亲成为儿女们效仿的楷模。

160 | 母爱让浪子回头

一个母亲和 158 个特殊儿女，
一位伟大母亲，一个特殊的群体。

170 | 母爱情系红丝带

一个被遗忘的角落，一份被激发的母爱；
张颖毅然伸出双手，为艾滋孤儿撑起一片蓝天。

180 | 生命中的天使

这是一份跨越国界的母爱，超越血缘的大爱；
德国姑娘收养中国残疾儿童，全身心地做起“未婚妈妈”；
她的心恰似她的中国名字，像白雪一般的纯洁、晶莹、高尚。

187 | 小姨嫁给我爸爸

为了姐姐的嘱托，她嫁给了盲人姐夫；
为了姐姐的嘱托，她做了 4 个孩子的母亲；
一曲血浓于水的亲情旋律，一个感动了无数人的真情故事。

194 | 张品正与金奶奶的幸福生活

一句承诺换回垂危老人，三十春秋谱写大孝至爱。
她用自己的行动诠释了那句古语——“滴水之恩，当涌泉相报”。

小香玉：爱的演绎

她是著名的豫剧演员，家喻户晓的明星。但是很多人不知道，她还热心于公益事业。特别是对贫穷地区有艺术表演天分的孩子，她倾注了大量的爱和关注……

人物小档案：小香玉，河南郑州人，著名豫剧表演艺术家。从小深受家庭环境的影响，走上了豫剧表演的道路，逐渐形成了自己独特的表演风格。二十多年来她参与演出了无数场豫剧，深得广大观众的喜爱，与学生团队创作表演的节目连续五年在中央电视台春节晚会上播出，为豫剧事业的发扬光大作出了重要的贡献。

采访还没开始，观众就已经被感动了一把

小香玉是带着她的十二个小弟子来到《天下父母》演播室的。演播室的舞台小了些，要不然她带的小演员还会多。十二是最低限度的人数，再少的话，节目就不能演了。小香玉高高的个子，乌黑的长发，一袭黑色的衣服，一条鲜红的长围巾，笑起来一脸的灿烂，走起来宽宽的裤角与长发一起飘动，一走进演播室就吸引了所有人的眼球，观众纷纷围上来请她签名、合影，但她顾不上，她还要先与孩子们走台排节目呢。小香玉和孩子们表演的节目是豫剧片断《抢妈妈》，主要情节是：老师的未婚妻嫌山区穷，要求未婚夫调走，否则就不跟他结婚

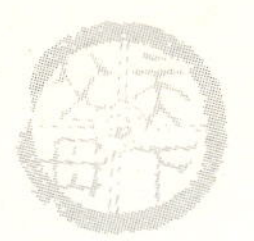

了。孩子们得知后，焦急不安，没有老师怎么上学？他们用尽了各种方法，最后终于感动了老师的未婚妻。小香玉带着小演员们进行彩排，一遍一遍，排得很认真。尽管由于场子小，许多大步走的动作改成了原地踏步，但小演员们依然很投入，动情之处甚至流下了眼泪，看来他们是把对小香玉的感情表达出来了。节目还没开始，观众和工作人员就被打动了。排练结束后，小姑娘们扎的小辫子散了，小香玉就一个一个地替她们重新梳好、扎紧。那份细致和耐心，就像对待自己的孩子。

她是在妈妈的宠爱中长大的，为吃饭一次次把妈妈气哭

采访就从小香玉的家说起。当然是先说妈妈。

说起妈妈，小香玉一脸的幸福。她说她从小是在妈妈的宠爱中长大的。她说："我特别幸运，我能有今天，是因为有一位特别有才气、特别善良、特别伟大的妈妈。"妈妈从事戏剧导演和教育工作几十年，工作起来要求特别严格，对小香玉却非常的宽容。在妈妈的眼里，女儿根本就没有缺点。有一次排练，小香玉一上去就唱错了，妈妈不但没批评她，反而笑着说："哎，你们看，我女儿唱错了都这么好听！"

小香玉从十五岁成名后就老演大戏，在团里是台柱子，演出任务非常繁重。妈妈心疼女儿，就想方设法地让女儿吃得好一点，吃得有营养一点。所以小香玉每次回家，妈妈都是变着花样给她改善伙食，牛肉、鸡肉、荷包蛋、水饺、馄饨、油饼，什么好吃给做什么，什么营养丰富做什么。但小香玉并不领情，她偏偏就爱就着咸菜喝点粥、吃点面条什么的，总之是越清淡越好，对大鱼大肉不感兴趣，一看见窝窝头就来劲。妈妈说那不行，喝

碗糊糊吃点咸菜，一出汗就饿，没底气唱，得吃好的。但小香玉从小被妈妈惯坏了，再加上那个年龄有点逆反，妈妈只要一说做面条，她就特别想吃米饭，妈妈做了米饭和面条，她就立即想吃馄饨，反正每次都与妈妈想的不一样，把妈妈气得不行。小的时候特别馋，回家的路上，小香玉会想：哎哟，今天回家，妈妈要是能给我做油饼就好了。而回到家，妈妈肯定是米饭、面条、馄饨都有，单单就没有油饼！母女俩总是不欢而散。有一次，妈妈做了很多好吃的，把女儿爱吃的全做了，心想：不管你想吃什么，总有一样适合你！饭菜做好了摆在那儿，就等着女儿回家了。小香玉回到家，妈妈喜滋滋地说："乖，来吃吧。"小香玉一看，好家伙，没有一样是她想吃的。她把脸一扭说："妈！你怎么没事找事呀？做这么多，没有一样是我想吃的，烦死我了！"说完，啪，一摔门走了。妈妈目瞪口呆，气得坐在那儿呜呜直哭。那时候小香玉不懂事，看到把妈妈气哭了，还挺得意呢。

从十一岁开始，
小香玉就没花家里一分钱

妈妈疼爱小香玉，小香玉也特别孝敬父母。

小香玉十一岁进艺校。学校有十几块钱的生活补助，她用不了，每到周末回家，就给妈妈带回许多好吃的，或者是十个大馒头，或者是十个肉包子，或者十个豆包，有时还把饭票换成钱，买上蜜三刀、江米条等父母喜欢吃的点心带回家。总之，周末回家从没空过手。从十一岁到现在，她再没花爸爸妈妈一分钱，而且每次回家都给父母带东西。

妈妈是世界上最伟大的母亲，对我的关心无处不在

小香玉成了“角”，事事处处都有一种优越感。而在事业上照顾和伺候她最周到的不是别人，正是妈妈。1982年妈妈给她排练《花木兰》时，累得胃出血。有一天，小香玉突然感觉到妈妈有好几天没有来了，有点无依无靠，就对爸爸说：“哎呀，怎么回事呀？我妈好几天没来了。”爸爸说：“你妈不舒服了，你去看看她吧。”小香玉跑回家看到妈妈躺在床上，脸色挺好，就发嗲说：“哟，妈，你有病没病呀？你要没病赶快来给我排练呗。”爸爸告诉她，妈是胃出血，四个加号，很危险的。小香玉听了很吃惊。后来妈妈没等身体恢复好，就又来给女儿排练了。小香玉感叹地说：“只要是为了我的事业，只要是能让我有一点儿进步，妈妈不管什么时候，也不管什么条件下，都是竭尽全力帮助女儿！真的，我觉得我妈妈是世界上最伟大的母亲，对我的关心无处不在。”

我身上有爸爸的基因，花脸不用学就特像

小香玉出生和成长在梨园世家，妈妈和爸爸都是戏剧表演艺术家，但爸爸的脾气和妈妈的不一样，用小香玉的话说，就是“挺犸的”。在这一点上，小香玉的脾气就有点像爸爸，很倔。妈妈有时就感叹说：“唉！你和你爸怎么一模一样啊！”

有一次，爸爸教小香玉练功，“打靶子”。两个人拿枪拿棍对打。打着打着小香玉脑子一走神，吧嗒一下打到爸爸脸上了，当时就把爸爸的眉毛给掀下来了，血马上就流了出来。这完全是小香玉的失误造成的，如果换了别人，肯定要训斥她。但爸爸只是拿手一捂，笑

着说："你这孩子，你怎么不用心呀？"小香玉着急地说："爸，我看看伤哪儿了？"爸爸笑着说："看什么，我去趟医院，缝完就回来。"爸爸就这么笑着走了，一点儿也没发火，这令小香玉特别内疚。从那以后，她在练功时就格外集中精神，特别是与别人练"打靶"时，不允许自己出错，绝不能伤到别人。

有一次妈妈出差，临走时嘱咐丈夫，接着教小香玉戏。妈妈教的是青衣，爸爸却是唱花脸的。花脸的表演是很张扬的，细节上与旦角的戏完全不同。过了两天妈妈回来，一检查，发现小香玉被爸爸教成了花脸，当时就气得哭了，一边哭一边说："这下可毁了，这可真是毁了！"其实，爸爸并没有按花脸教她，到现在为止，小香玉也没学过花脸，但她一做花脸，就特像爸爸，是绝对正宗的花脸动作，而且怎么掰都掰不过来。妈妈每看见一次就哭一次鼻子。小香玉说，也许，是爸爸的基因在起作用。

为帮助小香玉办学，母亲提前退了休

小香玉经常下乡扶贫演出，看到有那么多的贫困家庭的孩子一辈子没有机会走出乡下，觉得非常可惜，就想办一所学校，把他们的聪明才智发掘出来。从1992年她就有了这个想法，到1995年，凭着一股热情，终于创办了第一所希望艺术学校，目的就是把贫困地区中有艺术天赋的孩子集中起来，好好地培训一下，让他们能在艺术舞台上展示一下自己。孩子招来了，小香玉很高兴，也真心真意地照顾他们。可是，完全没有照顾孩子经验的她，面对这一群孩子，一下子就傻了。孩子们不是不听话，而是听不懂，沟通不了。比如说，有个孩子要小便，小香玉把他领进卫生间，但门一关，孩子不知道往哪儿尿，不知道马桶盖是可以掀开的，就又出来了。出来后又说口渴了，小香玉就拿出早就准备好的可乐。孩子拿到一瓶，拧开盖却并不喝，因为在他看来，可乐与中药一个颜色，根本不能喝。他偷偷跑到卫生间，把可乐倒进洗手盆里，然后把小便尿在可乐瓶里。瓶子往哪儿放？孩子觉得床底下和暖气片后面比较安全。那时正是冬天。过了几天，妈妈说："乖，咱们房间里怎么有股子味道不太对呀？"一找，发现床底下、暖气片后面都是一瓶一瓶装满了发酵了的尿的可乐瓶子，弄得母女俩哭笑不得。

妈妈一看，这不行呀。女儿从小娇生惯养，什么都不会做，只凭着一股子热情就招收了这么一大帮孩子，怎么弄？也顾不得单位正评职称，立马就辞了职，来到希望艺术学校帮助女儿。对此，小香玉特别感动。她说，妈妈从事了一辈子的艺术事业，培养了无数优秀的艺术家，年纪大了，到了该总结自己、给自己一个说法的时候，看到女儿有困难，根本连想都没想自己评职称的事，直接就写了退休报告，第二天就来到山西。来到学校，妈妈24小时住在学校里面，承担起繁重的教学和管理事务。小香玉感叹地说："哎哟！我现在都不敢想，如果当时我妈没来，我创办的第一所学校会出现怎样的情况！"

为办希望艺术学校，小香玉付出了很多。从120多斤一下瘦到了100斤，还累成了三级甲亢，就这样她也没弄明白小孩儿是怎么回事。母亲也累病了，有一次胆结石犯了，痛得汗珠子直往下流，实在坚持不住了，才在女儿的一再催促下动了手术。手术后妈妈提前出院，捂着肚子上的刀口回到学校给孩子上课。

中年得子，小香玉对儿子宠爱有加，月嫂临走时，甚至没抱过孩子一下

对于明星的生活私事，本来是不便于采访的，但是小香玉这次主动讲起了自己的孩子。那是由于爱而情不自禁。一说到儿子，她就神采飞扬，手舞足蹈，角色一下子转换成了妈妈。

忙于事业的小香玉原来是没计划要孩子的，但是上苍偏要让她要一个。因为她被查出患有子宫肌瘤，医生说要么开一刀，要么生孩子时一块拿掉。小香玉胆子特别小，特别怕痛。她想，与其白挨一刀，还不如捎带着生个孩子呢。于是，年近四十的她就有了一个宝贝儿子。在小香玉眼里，儿子特别漂亮、特别帅。她都不知道该如何爱他了！

当她没有孩子的时候，看到别人宠孩子就觉得很不以为然，曾经说人家是“神经病”。可是当她自己生了孩子，那可真是比别人有过之而无不及。孩子大大小小所有事，包括睡觉、喂奶、换尿布、洗澡，都得她自己亲手来干，谁干她都不放心。在坐月子期间，她请了一个特别漂亮、特别细心的月嫂。等一个月干完，月嫂要走的时候，对小香玉特别感激，说你是特别好的一个人，对我照顾很多。我这一个月也没干什么活，真是享了福了。现在我要走了，有一个愿望，你能满足我吗？小香玉说：“有什么要求，你尽管说。”月嫂说：“你能让我抱一下孩子吗？你们的孩子太可爱了。”

原来，这一个月小香玉没让任何人接触孩子，包括月嫂在内。月嫂只能干点递毛巾、倒水、拿手纸之类的事，给小香玉打打下手。

不论在什么时候，只要说起孩子，小香玉就眉飞色舞，滔滔不绝。有一次跟黄宏、蔡明在一起，人家说，哎呀恭喜你呀，听说你有儿子了。小香玉立马拿出手机，让人家看她存在手机里儿子的照片。黄宏和蔡明当然要夸奖几句，小香玉就更得意了，说我这儿子特别可爱。人家逗她，怎么特别可爱呀？她说："我儿子才一岁零几个月，一看见我，哇！就朝我发脾气。"黄宏跟蔡明顿了一下说："就这呀？我们没觉得可爱呀？小孩子朝妈妈发脾气有什么可爱的呀？"一下子把小香玉说愣了。过后她想，难道这就是母亲的天性？当初自己唱错了，妈妈不是也笑着夸好吗？从这一点上，小香玉觉得自己跟妈妈太相像了。而儿子，也太像当年的自己了：精心搭配着做好了的饭，儿子却怎么也不吃，得哄上好大一阵才喂进一口，把小香玉急得不行。小香玉深深地体会到，有了孩子才能理解妈妈。小香玉终于明白了当初妈妈因为她不吃饭而掉眼泪的心情了。那不是委屈，是心疼孩子！

"春节晚会综合征"
——多亏本山大哥帮忙

其实，小香玉可不是现在才当"妈妈"，从她办第一所学校起，孩子们就亲切地叫她"校长妈妈"。那是第一次放假，有一个学生给她来信，说特别想她，觉得小香玉也是自己的妈妈，但现在没资格叫她妈妈，等将来有了成就就叫她妈妈。小香玉很感动，回信说只要你愿意，不必等到毕业后有成就嘛！于是，学生们就纷纷叫她"校长妈妈"，特别是几个孤儿，更是视小香玉为自己的亲妈妈。有一年放寒假，一个学生在小香玉生日那天，坐了汽车坐火车，跑了老远的路，给“校长妈妈”送来一箱炒豆。孩子们对她的那种难以割舍的亲情，令人感动！

这些年来，小香玉教过的学生有一千多，也就是说，她有一千多个孩子。说起这些孩子，她既感到非常幸福，也感到责任重大。录制节目的时候恰好春节将至，小香玉专门谈到了她与孩子们遭遇“春节晚会综合征”的故事。

她说：“我自己上春节晚会若干次了，上或者不上都很正常，没关系。让我永远难忘的是那年我带120个学生去参加春节晚会的经历。那是2000年吧？还是1999年的春节晚会？真的记不清了，只记得我们那个最大的大鼓直径是4米4。唉，说起来，可真玄呀！

“为准备这次晚会，我带领这些孩子们已经训练了两个多月了，孩子们的手都磨烂了，长疮了，膀子上都黑青了，真的是特别辛苦。他们要排练春节晚会的节目，还不能耽误文化课和专业课，孩子们付出是非常多的。如果这个节目上不了春节晚会，我简直不知道怎么面对这帮孩子的家长。因为，每一个孩子的背后都有一大帮家长：爹妈和姥姥、姥爷、爷爷、奶奶，甚至还有姑姑、叔叔、阿姨一大家人，都坐在电视机前等着看这个节目。这120个孩子，至少有五六百号人在关注着。如果节目上不了，这五六百号人春节都过不好。咱没法让人家家长理解。因为咱们是演员，懂；孩子的家长们又不是演员。我带着这批孩子提前一个月就进组了，今天审查不行，毙了，改；明天又毙了，再改。三审、四审、五审，终于通过了，到了大年三十晚上，才觉得一颗心落肚子里了。我们的节目被安排在11点。但是在春晚进行到9点的时候，突然接到通知，小香玉，你们节目准备拿掉啊。哎哟，我一听，懵了，没反应了，没感觉了。现在我一讲这段手还发麻。为什么突然要拿掉我们的节目呢？因为前面有几个外国人学说相声，本来练得还差不多，但是人一多，外国人他也紧张呀，一打嗑巴，就多用了时间。把我们的三分钟给占了。所以就通知我们节目有可能拿掉。

“我着急，我们的王鲁艳校长比我还着急，逮谁跟谁说，你们的节目一定要往前赶，你们的节目一定要往前赶，拜托拜托！逮住谁跟谁说，急疯了，都成了狼了。脸是白的，眼是蓝的。这里，我要特别感谢赵本山大哥。当时他就对我们校长说：你别管了，兄弟，你回去吧，看你都不正常了，我知道。你放心吧。结果他从他的节目里头硬是给我们省出了四分钟！他的小品原定22分钟，他可以延长到24分钟，结果他18分钟就演完了，这就给我们省出了节目时间。他那年是跟宋丹丹老师合作的小品。大家知道，全国的观众肯定想看看赵本山，淋漓尽致的发挥对他来讲是必须的，应该的。但是为了孩子们，他把掌声压住，所有的节目环节都紧缩了，腾出时间来给孩子。对于我们这120个孩子来讲，能上一次春节晚会，有这样一次经历和见识，对他们一生都是特别重要的。虽然我当面没说过‘本山谢谢你’这样的话，但是我从心里特别感谢本山大哥。结果我们那个节目就这么提心吊胆地演完了。说实话，从一接到通知准备拿下，我整个人就恍惚了，什么都不知道了，一直到演完下来，我还问，演了吗？人家说演了。我再问，哦，是咱演的吗？人家说，是咱演的。我才舒了一口气，哦！咱演完了！”

这种心情，不是每一个人都能经历的。

感悟与思考

在现实生活中，著名豫剧表演艺术家小香玉不止是家喻户晓的明星，而且具有多重的身份，有着不同寻常的成长道路。

作为女儿，她是在妈妈的宠爱中长大的，同时她也是个孝顺女儿；作为名角，她为豫剧事业的发展作出了巨大的贡献；作为母亲，她对孩子疼爱有加……

事业上照顾和伺候她最周到的不是别人，正是妈妈，妈妈还为了帮助小香玉办学提前退休；小香玉热心于公益事业，希望把爱传递给更多人。特别是对贫穷地区有艺术表演天分的孩子，她倾注了力所能及的爱和关注……小香玉为贫穷的孩子们办学，发挥他们的表演天赋，并从生活和学习等各个方面关心他们，让他们走上了成才之路。

什么是大爱？宽广博大，施与众人，就是大爱。当我们学有所成之时，我们能够为社会做些什么有益的事情呢？

401个爹娘

山东阳谷县寿张镇敬老院之所以远近闻名，是因为有个好院长。说起院长贾秀兰，老人们都会感动得流泪，称她是“俺们的亲闺女”。20多年来，贾秀兰一共照料了401个老人，光她亲手送走的老人就有174个。401个老人中有42个老人活到了90岁以上，4个老人超过了100岁。丁雪阁老人在她的精心照料下活到了113岁，创造了当地老人长寿的奇迹。因此，这个敬老院又被当地人称为“长寿院”。

不幸的童年

48岁的贾秀兰是苗族人，原籍贵州，至今不知道自己的生身父母是谁。8个月大的时候，她被人从贵州送到了山东。不幸的是，养母患有精神疾病。在以后的日子里，养母带着她改嫁了3次。

贾秀兰从来没有享受过父爱和母爱，童年充满了不幸。小时候，贾秀兰印象最深的就是一条常跟在她身后的小黄狗。因为养母患有精神疾病，出门后常不回家，年幼的她就独自抱着小枕头站在邻居家门前或者村头等妈妈，只有那条小黄狗一直守在她身边。

然而，更大的不幸还在等着她：贾秀兰14岁时，村里来了一个马戏班子，不谙世事的她被那些人骗走卖给了一个大她17岁、已经有了三个孩子的残疾人。婚后的日子不堪回首。丈夫虐待她，孩子们也不尊重她。可是身处逆境的贾秀兰并没有从此消沉下去，仍然积极乐观地生活着。特别是改革开放后，她通过自学取得了医学文凭，还在当地开了一家诊所。贾秀兰服务热心，医德真诚，受到群众的欢迎，而且每月还能有一千多元的收入。这期间她还入了党，成为镇上的先进工作者。

1983年，镇领导的一个决定改变了贾秀兰的命运。为照顾各村的孤寡老人，镇上决定筹建一个敬老院。位置选好了，院长一职的人选却成了难题。挑来选去，镇领导选中了为人热情、责任心强并且有一定医疗技术的她。敬老院每月的工资只有40元，贾秀兰并不在意收入的巨大悬殊，却十分担心自己没有照顾老人的经验，不能胜任工作。在镇领导的动员下，她毅然决定放弃舒适的诊所，去建设敬老院。

白手起家，
敬老院初具规模

尽管做了充分的思想准备，上任的第一天，贾秀兰还是有点为难了。这新开张的敬老院是用几间废弃多年的破厂房改造成的，条件极其简陋。7亩多大的院子里，孤零零地竖着9间旧屋，院内荒草丛生，房屋破旧不堪。虽然说是院长，其实工作人员只有贾秀兰一个，她既要做院长，又要做会计，还要做厨师和护工。二十多位体弱多病的孤寡老人和伤残老军人都等着她一个人去照顾。

深深地吸了几口气，贾秀兰慢慢冷静下来。镇上经济很困难，这已经是政府能提供的最好的条件了。于是她挽起袖子，带上几个身体还算硬朗的老人，从割除杂草、打扫卫生开始，对敬老院进行改造建设。没有砖，就到处去捡碎砖；没钱修葺屋顶，就把旧厂房里剩下的机器卖了；钱不够，她就干脆把开门诊部挣下的几万块钱也都贴了进去。

最初的日子非常艰苦。有一次，贾秀兰带着老人们割了一天的草，累得腰酸腿疼，晚上睡得很沉。夜里突然感觉身边一阵冰凉。她一个机灵醒来，掀开被子一看，啊！一条蛇正在她腿上爬。贾秀兰一声惊呼，吓出一身冷汗，慌忙抱着衣服被子跑到隔壁一个老太太房里。躺在老太太身边，她还吓得直打哆嗦。

经过3年多的艰苦努力，敬老院垒起了300多米的红砖墙，铲平了野草，栽上了小树苗，一个温馨的小院初具规模。

贾秀兰是个不干则已、干什么就必须干好的人。白天事多，晚上老人们需要她照顾，她忙得很少回家，而这时，一向对她漠不关心的丈夫却开始对她横加干涉，借口她春节不回家，对她大打出手。那时候，丈夫前妻生的三个孩子也都已经结婚成家，贾秀兰心一横，干脆结束了这段早该结束的婚姻。

从此，敬老院成了她的家，孤寡老人们成了她的父母。

老人视她为亲闺女

相比于“硬件”的建设，“软件”建设更为困难。

进了敬老院的都是孤寡老人，一下子有了这么温暖的家，有了这么好的院长照顾，当然是喜不自禁，但有的老人由于长期独居，性格难免有些孤僻，经常做出一些奇怪的事。比如有位老太太，每天晚上总是要等到贾秀兰睡了才喊她，一会儿要吃药，一会儿又要东西，一晚上要贾秀兰起床好几次。贾秀兰不明白老太太为什么总是要这样折腾她，就和言悦色地对老人说：“大娘，您有什么事，为什么不在我睡觉前让我干完？为什么不让我一次干完，非得让我起来好几次呢？这么大冷的天，您忍心让我一次次钻凉被窝吗？”老人却理直气壮地说：“我就是愿意这样，我就是等你睡了，抽上两三支烟，再去叫你的门，我觉得这样挺好。”面对如此蛮不讲理的老太太，贾秀兰真有些无计可施。就这么熬了一段时间后，老太太终于说了实话：“其实……其实……我就是想让你多陪陪我。”支吾了一阵，又说：“我怕你不是在睡觉，而是陪着别的老人说话呢。”

疙瘩解开了，老太太也就不再为难她。

还有一位老太太，凡事总要占头一份儿。比如，贾秀兰早晨起来如果不首先到她屋里，她就会不高兴；如果贾秀兰外出开会回来不先去跟她打招呼，她就会拉下脸到办公室找院长的茬儿。这时候不管多忙，贾秀兰总是笑脸相迎，赶紧检讨，并许诺下次再开会一定捎她最爱吃的烧鸡，老太太一听立马就又高兴了。

贾秀兰说，人老了，有时候就跟小孩子一样，得哄。

对于一切的辛酸，贾秀兰都默默咽进肚子里。面对老人时，她总是面带笑容。给老太太洗头洗脚、剪手指甲，给老头剃头、刮脸，一边做着这些，一边同他们拉家常，逗老人开心。

对那些有病的老人，贾秀兰则付出了更多的心血。一位老大爷中风偏瘫，吃饭必须得贾秀兰喂，还常常会把饭菜喷到贾秀兰的脸上。可是贾秀兰毫不在意，擦擦脸继续喂他。阎广田老人是当年参加解放战争负伤返乡的老军人，他每天早上都一遍一遍地讲着相同的战斗故事，贾秀兰总是耐心地听着。侯宪生老人患便秘很多年了，常常憋得大喊大叫，贾秀兰就带上胶皮手套，一点点地帮侯宪生把粪便抠出来。房间里臭气熏天，敬老院的其他老人都不愿靠近，可是贾秀兰就像什么也没有闻到似的。80多岁的侯宪生老人流着眼泪说："小兰，叫我怎么谢你啊！我下一辈子变成牛就给你耕地，变成狗就给你看门。"

老年人睡眠少，每天5点多钟就有人起床，贾秀兰就强迫自己5点半起来，一个房间一个房间地查房，给老人做简单的身体检查，陪老人聊天，给生病的老人喂药。天气好时，还组织老人们在院子里锻炼身体。当锣鼓响起来，老人们在贾秀兰的带领下扭起秧歌时，敬老院里充满着欢乐、喜庆。平时，贾秀兰还与老人下棋、聊天，给老人唱戏听。总之，老人喜欢什么、需要什么，她就干什么。她淡淡地微笑着说："尽管我从小没感受到亲爹娘的温暖，但我待这些老人就跟自己的亲爹娘一样。我不嫌他们脏，我也闻不着他们身上的味。"

她又说："生气我也舍不得嚷他们。人都有老的时候，他们都是苦命人，没儿没女，就指望我伺候了。我舍不得嚷他们，就是自己掉泪，也是到外面自己偷着哭，不会让老人看出来。"

精诚所至，金石为开。贾秀兰以金子般的心赢得了老人们的认可。

“非典”时期的遗书

2003年春，一场突如其来的“非典”肆虐中华大地，到处人心惶惶。从镇里开完防治“非典”紧急会议的贾秀兰刚回到敬老院，就被宋大爷等人拦住了。他们告诉她：闫大爷发烧呢，有可能是“非典”！这个消息对贾秀兰来说无疑是当头一棒。她来不及多想就往闫大爷屋里跑，老人们一下子围住她，死活不让她进去。闫大爷也插上门死活不开门，说若是得了“非典”他就自己等死，绝不能拖累院长。贾秀兰好不容易把老人们劝回了各自的房间，又费了老大的劲才劝得闫大爷打开了门，给闫大爷量上了体温。39度8！这温度让贾秀兰顿时紧张起来。“非典”时期，发热病人每隔半小时必须量一次体温，如果一直高烧不退就很可能是“非典”。当贾秀兰第13次给老人量体温时，温度计仍然显示39度8，她几乎绝望了。在办公室，贾秀兰心里怎么也平静不下来。更糟糕的是，她自己也开始发烧了！她想，自己与闫大爷近距离接触了这么长的时间，如果闫大爷得的是“非典”，那么可能也把她传染了。死她不怕，可她舍不下这么多疼她爱她的老人，放不下敬老院的许多工作。想到这里，她流着泪给镇里领导写了一封信，信中历数老人的不易，恳请镇上选派一个优秀的人来继承她的工作：“一定要找一个好的院长，把我的老人们伺候好、安顿好。这样就是我死了也放心了。”敬老院欠的几千元的债务，也都一笔一笔记得清清楚楚。最后她写道：“把我的骨灰埋到敬老院菜园旁边，我要永远看着这些孤寡老人。这样，我在九泉之下也瞑目了。”

写完遗嘱，贾秀兰拿起体温表第14次为老人测量，让她万万没想到的是，闫大爷的体温居然下降了！她简直不敢相信自己的眼睛。体温下降就意味着不是“非典”！经过整整三天三夜，闫大爷的体温终于恢复了正常，她自己的体温也恢复了正常。一个“疑似病

例”被排除了，不光是敬老院里，就是镇上和县里也都松了一口气。

这三天三夜，贾秀兰度过了一生中最漫长最难熬的时刻。

眼睛！眼睛！眼睛！

敬老院所有的人都以为，这场虚惊之后，又可以回到以往平静快乐的生活。可谁也没料到，又一个灾难正悄悄逼近。闫大爷事件之后，贾秀兰右眼长了毛病，她觉得整个世界仿佛都变了形，有时右眼疼得她难以忍受。“非典”期间到处隔离，加上敬老院的工作太多，贾秀兰一直没有外出检查。可她右眼的情况却越来越糟糕。半年后的一天，贾秀兰的右眼突然看不见了，这才匆匆赶往医院。医生问她是不是曾经碰着或磕着过眼角，贾秀兰这才突然想到在守护闫大爷的第三个夜晚，因为实在太困，头部被床角狠狠撞了一下，从那以后眼睛就不舒服了。医生说，这是由于磕碰造成的瘀血没有及时治疗，造成右眼失明，已经无法治疗了。这个结论让贾秀兰无法接受。随后，她又去了济南、北京各大医院做全面检查。没想到，让贾秀兰寄予最大希望的北京同仁医院的大夫却说出一个让她更加绝望的答案：如果不及时摘除右眼球，左眼也会受到牵连而失明！

残酷的现实一下子击碎了贾秀兰的心。她想尽快做手术，可是敬老院大大小小的事情哪一样离得了她？更何况手术需要的几万元费用也让她左右为难，去哪里找那么多钱呢？右眼已经失明的事贾秀兰一直瞒着镇政府，后来镇领导从别人口中得知此事后非常重视，当地红十字会很快出面筹集了一笔资金，让贾秀兰火速前往北京治疗。

正当贾秀兰准备启程的时候，敬老院的老人却乱了阵脚，他们都以为她要调走。老人哪里舍得她离开啊！为了挽留她，老人们竟然一起跪了下来。当老人们知道贾秀兰是要到北京治眼，而且她的右眼已经失明、左眼如果不及时治疗也会受到连累时，心如刀割。那些天敬老院里异常安静。贾秀兰动身的那天，老人们掏出了平时舍不得花的零花钱，三十、五十、一百……齐齐地来到院长办公室，要贾秀兰带上。贾秀兰感动地一一谢绝。

对贾秀兰最为依赖的老人要数已经90岁高龄的田奶奶，每天临睡前，贾秀兰都会去问候老人家几句。这天，老人把一副珍藏了三十多年的德国进口眼镜送给了小兰，希望她能把眼睛治好。

闫大爷对贾秀兰更是充满了内疚，他哭着叫着要求医生“挖出自己的眼睛给小兰换上”。对老人们的这份心，贾秀兰已经不知如何用语言去表达谢意。她暗暗发誓，从今往后要对老人加倍体贴加倍疼爱！贾秀兰深深知道，自己这一生注定要和老人们生死相依。她向老人说明了情况，等老人们的情绪基本稳定下来后，又特意安排老人集体包了一次饺子，把自己最灿烂的笑容留在敬老院。

就是叫我当县长我也不走

现在，戴着一只义眼球、另一只眼睛视力也很差的贾秀兰仍然是寿张镇敬老院的院长，依然为老人们忙碌着。

“我已经干了24年的敬老院了，已经成了职业病了吧。我离了这些老人不行，老人离了我也不行。”

说起她与老人们的感情，贾秀兰的眼里闪烁着泪光。

有一天，贾秀兰去县里开会，回来时已经很晚了，走在伸手不见五指的小道上，贾秀兰不禁有些害怕。突然，她隐约听见远处敬老院的方向有人在呼唤她的名字。原来是几个身体还算硬朗的老人怕贾秀兰回来的路上不安全，自发地跑出来迎接她。回到院里，她

又一次被感动了：院里其他的老人也都没睡，大家都在等她！

百岁老人王秀春已经很长时间生活不能自理了，贾秀兰就搬到她房间里与她一块儿住，贴身照料。后来老太太得了病，大便失禁，怎么也看不好，输液、吃药都不行，贾秀兰就劝老太太住院，可是老太太坚决不肯去，没办法，贾秀兰只好跪下来求她。老太太这才说："我是怕没有钱。"贾秀兰赶快把准备好的钱拿出来给她看。一看到这些钱，老太太掉了泪，一把抓住贾秀兰的手说："小兰，你起来，我去，我去。"边说边把腰带解了下来："万一我回不来了，这腰带就送给你，你给我烧纸钱、送终，你就是我的亲闺女！"原来，这条布腰带里缝着的724元钱是老人一生的积蓄！

2004年，蒋广俱老人患上了不治之症，弥留之际，蒋广俱含糊不清地反复喊着："小兰，吃葡萄，小兰，吃葡萄……"直到咽下最后一口气。老人知道贾秀兰平时喜欢吃葡萄，就在他生命的最后一刻还在想着用葡萄来答谢贾秀兰，表达一个父亲对女儿的疼爱。

孟广庐老人去世的时候，贾秀兰也是在他的病床前守了好几天。那天夜里等老人睡着后，连续熬了几天的贾秀兰不知不觉地趴在老人床头睡着了。因为实在太疲劳了，直到第二天早上才醒来。醒来后，贾秀兰觉得自己头上有些凉，伸手一摸才知道是孟广庐老人的手。原来，老人已经去世了。她慢慢地把老人的手放进被窝，对着老人的遗体放声大哭。

生老病死是人生不可抗拒的规律。对每一位老人的离开，贾秀兰总是难过得好几天吃不下饭，因为她真真切切地感受到老人对她的爱。就说蒋广俱老人吧，每次上街，总要给她买点吃的，哪怕是一块水果糖，也从不空着手回来。自己既然是老人们的女儿，就一定要尽到女儿的孝道。当地有个风俗，给老人送终时，要有儿女给老人"捧头"。这些年来离开的174位老人，都是由贾秀兰"捧头"入殓的。

贾秀兰敬老爱老的事迹传到了聊城干休所，所领导找到市里，要求调贾秀兰去当负责人。1995年，市里为贾秀兰办好了相关手续。干休所待遇丰厚，条件优越，工作量也小得多。可消息一在敬老院传开，老人们就乱成了一团，许多老人难过地哭了起来，有的老人卷起被子要离开敬老院。第二天早上，大家全都聚集在贾秀兰的门口，看见她出来，所有人哭成了一片，怎么劝也不管用。贾秀兰扑通一声跪在了老人们的面前，她流着泪对老人们说："大爷、大娘，你们都起来吧，别给我磕头了，就是叫我当县长我也不走了！"

贾秀兰的工作得到了上级领导的肯定和社会各界的认可，她被山东省老龄委评为敬老爱老模范，寿张镇敬老院被山东省民政厅评为省一级敬老院，贾秀兰也被山东省民政厅评为模范院长。

金碑银碑，不如老百姓的口碑。敬老院的老人们编了个顺口溜，赞扬他们的院长：

人生一世活百春，
一生难忘院长恩。
就算儿女尽孝道，
也比院长差十分。
伺候老人百年后，
披麻戴孝送出门。
全体院民齐感谢，
院长恩情比海深。

可是，最令贾秀兰感动和高兴的是，在阳谷县政府的支持和自己的努力下，寿张镇敬老院的条件已经大大改善了。来自社会各界的资助，让敬老院老人们也用上了彩电、沙发和电扇。而在寿张镇，一个高规格的敬老院正在兴建之中，这是县里投资500万元建设的新敬老院，将三个乡镇的敬老院合为一体。贾秀兰和她的爹娘们将会迎来更美好的明天。而贾秀兰的精神，也将会影响更多的人。

感悟与思考

一个从来没有享受过父爱母爱的人，却把一个女儿对父母的爱毫无保留地献给了401个老人；一个从来没有享受过天伦之乐的人，却给了401个孤寡老人一个温暖的家。在历尽了生活的磨难之后，贾秀兰没有向命运屈服，她用自己的努力为自己创造了一片美好的未来。可是，当社会需要她时，她却毅然放弃了这来之不易的成功，选择了清贫，选择了寂寞，选择了付出。她用大半生与孤寡老人们建立的感情，是用多少名和利都换不来的。这个社会像贾秀兰一样的人还有很多很多，他们都在自己的角色里默默地付出着。因为他们心中有爱，所以他们是快乐充实的。如果我们每个人都能常把爱放在心头，那这个世界该是多么美好！

爱，是红色的

一个成年人血液总量是4500~5000毫升，而她无偿献血量累计已达86000毫升，相当于18个人的血液总量。然而，走近全国献血女状元刘苏，你会发现她做的好事远不止无偿献血，难怪有人说她是活菩萨！

在世界无偿献血日（6月14日）到来前夕，记者访问了我国无偿献血女状元刘苏。

刘苏是济南人，53岁。截至目前，她累计无偿献血达86000毫升。以每个人血液总量4500~5000毫升计算，她无偿献出的血已经相当于18个正常人血液的总量。单是这个数量就足够惊人的了。然而，当我们走近刘苏，才发现她身上的闪光点远不止无偿献血。她心地善良，以帮助他人为快乐，她曾经吸出老人憋住的痰救人性命，也多次慷慨解囊救人于危难之中，还资助了多个失学少年。她是济南市历下区妇联特聘的"爱心妈妈"，她善解人意的声音通过小灵通帮助了无数的姐妹兄弟。正因为这样，刘苏先后获得了中国红十字会荣誉会员、山东省"三八"红旗手、山东省十佳兵妈妈、首届泉城十大优秀人物、感动历下十大杰出母亲等荣誉，多次受到原全国人大常委会副委员长彭珮云的接见，被选举为区人大代表、市党代会代表。

直率朴实的她，快人快语，对她做的好事善举，却很不愿意提及。她说的最多的一句话是："这一切都是应该的，真的没什么可说的。能帮助别人，感觉到自己是个有用的人，很快乐。"

若不是多次采访，记者对于刘苏所做的这些好事善事，也会与读者一样，认为不可信。可事实是，记者的笔所能记下的，仅仅是刘苏所做的一小部分。

要采访我，你得先做通我丈夫的工作

刘苏第一次无偿献血是在青岛的胶南市（原胶南县），当时刘苏在胶南县技术监督局工作。刘苏有早起锻炼的习惯。1977年6月12日早晨，她和往常一样，锻炼完回宿舍，见一个女同事趴在床上，身体扭成一团。刘苏惊问怎么了，同事说胃疼得不行了。刘苏急忙找来一辆三轮车，推起她往县医院奔。

尽管医院就在街的斜对面，但到达急诊室时，女同事已经脸色苍白，处于半昏迷状态。大夫诊断是宫外孕，情况紧急，需要手术，急需输血。院方急忙叫来刘苏单位的领导，要求组织员工为患者输血。

经过验血，只有刘苏和另一个男同事是B型血，符合要求。于是，他们挽起袖子，每人抽了200毫升血。

那时对于无偿献血的宣传还远远不够，许多人对于献血心存疑虑。刘苏原本也有些紧张，但抽血并不疼，献血后刘苏感到很好奇，便扒在手术室的门玻璃上往里瞅，恰好能看到大夫正在为同事做手术。手术刀接触到同事的身体时，一股血“嗖”一下就蹿到了天花板上！她赶紧捂住自己的嘴，才没喊出声来。紧接着，护士开始给同事输血。随着一滴滴血液的输入，她亲眼看到同事的嘴唇由青变红，脸色由苍白变得红润。

看到自己的血能救人性命，刘苏感到很欣慰。

如果说第一次献血是因为突发事件，那么，刘苏第二次献血则完全是有备而来，甚至可以说是“上赶着”。

那是1994年的夏天，当时刘苏是居委会的主任。居委会订有《山东红十字报》，刘苏从报上看到有许多患者因为输不上血而得不到及时的救治。她想起自己第一次献血救人的往事，想起自己的紧张，觉得有些好笑。这时，她对于献血的知识也了解得比较多了，就决定悄悄到血站献血。由于平时工作忙，她就选了星期天去，好不容易打听着找到了地方，可是血站周末休息，值班的人叫她星期一再来；星期一没时间，她就趁星期三到区里开会的机会又去了一次，散会后来到血站，可是到了那儿已经太晚了，血站叫她下星期一再来。又到了星期一，刘苏对同事说要出去走访，悄悄来到血站。因为验血要等两个小时，刘苏就又抽空去走访了一个家庭，为其办理了独生子女证，办完事回来献了200毫升血。抽血时，有位护士跑来问：“有无偿的吗？”听说刘苏就是，血型又合适，就等了一阵，

拿着刘苏的血袋急匆匆走了。刘苏问工作人员，护士为什么指名要“无偿献血”的？工作人员告诉她：无偿献血的血液质量比卖血的高。刘苏又一次感受到献血救人的快乐，从此，每月到血站无偿献血就成为刘苏生活中的一部分。

2002年底，省血站主任想制作个台历，把无偿献血量前几名的献血者的照片也放上去，就在全省统计情况。结果各地市的统计结果报上来一看，前几名都是济南的，刘苏是第一名。这是第一次排名。2005年全国排名，山东的无偿献血量又名列前茅，而刘苏是全国女性中无偿献血最多的，比第二名多出20000多毫升！

消息被媒体得知，《齐鲁晚报》派记者对刘苏进行采访。那时刘苏已经从居委会主任的位子上退下来，被聘到血站做宣传员。刘苏非常不愿意接受采访，几经周折，记者才把她找到。刘苏说，要采访可以，但是不能见报。记者问为什么，刘苏说，从我第一次献血到现在，我的家人都不知道，同事们也都不知道。你们如果要采访，首先要做通我丈夫的工作。丈夫蔡登水与刘苏是内蒙古建设兵团的战友，也是个性情爽快的人。他听了记者的话，惊讶得足足有十几分钟没说出话，他心疼地抱怨刘苏：你咋不吱一声呢？我知道了，替你多干点家务，你也好休息几天嘛！

那时我啥也顾不得想，过后看到饭就恶心

1970年夏天，15岁的刘苏正在济南二中读初中二年级，内蒙古建设兵团来学校招毕业生，她积极帮着宣传、动员。有人说，你说得这么好，自己为什么不去呢？刘苏原来的理想是当女兵，她想，去建设兵团不也算是当兵嘛？于是就瞒着父母偷出户口本报了名。在兵团，她年纪最小，干活却最卖力，很快就上了兵团报，被树为典型。从兵团回来，她到胶南县技术监督局工作，因为乐于助人、工作出色，很受领导器重。后来因为父亲去世后母亲病重，家中无人照顾，她就请假回济南伺候母亲。单位对她很照顾，让她安心在家伺候老母亲，每月往单位寄张假条就行。刘苏却说："我没生病，怎么能请病假？"于是干脆离开了单位。好好的工作丢了，刘苏并不后悔，因为她不愿不劳而获。

由于刘苏热心助人，在居民中口碑很好，母亲去世后，她被介绍到居委会工作，不久就以全票当选为副主任，之后又干了主任，本来就是热心人的她，从此更是没白没黑地忙。为困难户跑救济、为下岗职工找工作，她比自己家的事还着急。

刘苏在居委会期间为居民做的好事，三天三夜也说不完。就说说其中的一两件吧。

1993年冬天的一个夜晚，有人急匆匆地来敲刘苏家的门，说家里的老父亲不行了。刘苏在兵团时干过卫生员，背起急救箱赶快来到那人家。一看，老人被痰憋住了，已经昏了过去。刘苏急了，拿出听诊器，把听诊器两头一拔，管子插进老人嘴里，一下就把痰给他吸出来了。老人缓过这口气，渐渐又有了呼吸。刘苏与其家人把老人送到医院。经过抢救，老人脱离了危险。

现在说起这件事，刘苏说："那时我啥也顾不得想，可是过后看到饭就恶心，拿清水反复漱，恶心了好几天呢。"

居委会辖区内有位叫尹立新的老人，因为下肢瘫痪，长年不能出门。2001年春天，刘苏家访时，老人对她感叹说："唉，我这一病，50年未去大明湖了！"刘苏就留了心，不但积极联系给老人争取了补助，还下决心帮老人圆梦。5月17日是助残日，恰是个风和日暖的日子，刘苏雇了辆面的，拉着老人去了大明湖。游人见了，都帮着抬轮椅，把老人抬上游船。老人激动地说："我这不是做梦吧？"

面的司机大声说："大爷，你真有福呀，闺女这么孝顺！"

老人擦着泪说："她不是俺闺女……"

面的司机说："哦，儿媳妇孝顺也一样！"

老人说："哪儿啊，这是俺居委会的刘主任！"

面的司机连声说："真想不到！真想不到！"

这钱已不属于我，它是社会的

1991年的冬天，一个雪花满天的早晨，刘苏上班路上看见许多人围着一个老太太。老太太向围观的人哭诉说自己是荣成人，陪丈夫来济南治病，钱用完了，就让家里又寄来800元。昨天傍晚她到邮局把钱取了出来，可现在钱却丢了。她不敢到医院去，怕丈夫知道了生气，就在街上呆了一夜。如果丈夫无法做手术，她也没法活了。听的人都陪着叹气。刘苏想到了自己已经去世的母亲，如果是母亲遇到这样的困难没人管，心里会多么难受呀！于是，她毫不犹豫地把老人带回家，先冲上一杯红糖姜水给老人暖身子，又给老人凑足了1000块钱，叫老人赶紧回医院救人。有人说刘苏傻，说那老人也许是骗子，这年头，就有人用这种方法博取人们的同情来骗钱。刘苏说："万一她不是骗子，可就是两条人命的大事呀！就算是骗子，不就是1000块钱吗？”

后来，刘苏渐渐忘记了这件事。

1996年的夏天，有位穿戴很整齐的老太太在派出所警察的陪同下来到居委会找刘苏。听了老太太的自我介绍，刘苏才认出这是五年前丢了钱的那个老太太。当时一脸憔悴的老太太现在穿着得体，戴着眼镜，看上去像个学者，难怪刘苏认不出来。老太太千恩万谢，拿出1500元钱，一定要刘苏收下，说按一年100元利息算。原来，事后老太太就写信与刘苏联系，但刘苏搬了家，新家又赶上拆迁，她又搬了家，这样，信都退回去了；老太太有个亲戚的孩子在济南上学，老太太托他找，这孩子找了两年多，也没找到刘苏。老太太又费了许多周折，最后通过派出所才找到刘苏。

本来已经把这事彻底忘记了的刘苏被深深感动了。她流泪了。她说：“这点小事你还记在心上，费了这么多年的心思找来还钱，太让我感动了，这钱我不能要。”可是老太太一定要把钱留下。两人推让良久，最后刘苏收下了1000元钱，把这笔钱作为救助专款，遇到需要帮助的人就抽出几张。多数人过后都还了。个别不还的，刘苏就再添足。到现在，这1000元还常年带在刘苏身上。她说：“这钱已不属于我，它是社会的。”

儿子18岁生日那天，刘苏陪他无偿献血

1995年秋天，刘苏夫妇从报上看到失学儿童的消息后，就萌发了资助孩子的念头。经与当地希望工程办公室联系，她与丈夫带着家中仅有的400元钱，一齐来到商河县孙集乡偏远的

村庄实地考察。本来只准备资助周士花、尹海燕中的一个，结果到了地方一看，干脆把两个孩子都资助了，钱不够又赶紧回家借了400元钱给第二家送去。需要说明的是，蔡登水也早已下岗，在一个单位干临时工，刘苏在居委会的工资也非常低。生活并不宽裕的他们，干脆把房子租了出去，另租了一处便宜的小房子，用租房的差价来资助失学少年。这件事情被周围人知道后，大家深受感染，掀起企业和个人资助失学少年的热潮，一下子资助了45个失学少年。

刘苏与丈夫资助的几个孩子，都很有出息，参军或工作后，都与刘苏保持着联系。

这些年，仅是做善事、捐款，刘苏一家就拿出了8万多元。

说起儿子，刘苏特别骄傲。蔡啸从小就很懂事，学习刻苦、自理能力强，也乐于助人。他见妈妈常年无偿献血，也要求献血。刘苏说："你还不够年龄，献血要满18岁才行。"于是，蔡啸就天天盼着18岁生日到来。在18岁生日那天，刘苏亲自陪儿子到血站无偿献血，以此度过自己的成人节。无论是在学校还是在部队，蔡啸的表现都十分突出，他在军校读书时，就曾被所在地合肥市蜀山区人民政府授予"学习雷锋志愿服务先进个人"称号。现在蔡啸是解放军某部的年轻军官，各方面都很优秀，助人为乐的事也做了一箩筐，仅无偿献血就达7次，共计2600毫升。

感悟与思考

全国献血女状元刘苏，多年来无偿献血累计已达86000毫升，相当于18个人的血液总量。她心地善良，以帮助他人为快乐，曾经吸出老人憋住的痰救人性命，也多次慷慨解囊救人于危难之中，还资助了多个失学少年。

直率朴实、从不张扬的她从不主动提起自己所做的一切，她说的最多的一句话是："这一切都是应该的，真的没什么可说的。能帮助别人，感觉到自己是个有用的人，很快乐。"

帮助别人成了刘苏一种发自内心的简单的快乐，这是多么朴实的表达！但是这举手之劳，又有多少人能够做到呢？我们习惯了对别人冷漠和无谓的自我保护，然而作为社会一员，我们应当学会回报和感恩。将心比心，以人及人，这是一种精神境界。

儿子18岁生日那天，刘苏陪着儿子无偿献血。这是爱在传递。

乐于助人是一种美好的品德。在日常生活中，我们可以做哪些举手之劳的事情，来帮助他人、回报社会呢？

从魔鬼到天使

25年，一个人的一生能有几个25年？她却用25年的时间，把一个“魔鬼”变成了“天使”。她把一生都献给了一个维吾尔族弃婴，用她的无私和宽容，书写了一个大大的“爱”字……

一个改变她命运的奇遇

现年53岁的丁朝霞是乌鲁木齐市一家事业单位的干部。当年的她，上进心特别强。结婚之后，丁朝霞与丈夫商量着先不要孩子，可是事情一件接着一件，这一拖就拖了将近十年。眼见着丁朝霞已经错过了生育的最佳年龄。婆婆看在眼里，急在心上。

1982年8月28日，婆婆急匆匆跑来，拽着丁朝霞就往门外跑，一边跑一边说："门口有个小孩，快不行了……"

就在他们家门口冰凉的台阶上，一个裹得严严实实的襁褓里发出婴儿的哭声。丁朝霞蹲下身子，小心翼翼地打开襁褓，呀！一个婴儿出现在她的面前。孩子看样子像刚出生不久，哭声已经很微弱了。婆婆心疼地说："这孩子太可怜了，太可怜了！"丁朝霞趴下身来，轻声对孩子说："小家伙，你在哭什么？"说来也怪，就在那一刻，孩子突然不哭了，还竭尽全力地睁开了双眼。丁朝霞仔细一看，这是一个维吾尔族的男婴，高高的鼻梁，大大的眼睛。就在此刻，小东西的眼珠忽然动了一下，怔怔地看了丁朝霞一眼。不知怎的，一股热浪一下涌上丁朝霞的心头，她的眼睛里竟然充满了泪水。丁朝霞抱着孩子站了起来，对身边的婆婆说了一句改变了她一生的话："妈，这就是我的儿子！"婆婆会心地笑了，她从小也是孤儿，最知道没有父母的痛苦。

但是，丈夫和公公反对收养这个男婴。

反对归反对，毕竟谁都无法漠视一个生命的存在。慢慢地，先是丈夫，后是公公，逐渐接受了这个孩子。

他们给这个男婴取名叫刘道培，小名培培。

在妈妈的照料和奶奶的庇护下，刘道培一天天长大了。可谁也没想到，随着孩子的长大，却带给丁朝霞一个又一个的厄运。

孩子怎么了

1985年的一个夏日，丁朝霞从外面回家，推开门便被眼前的一幕惊呆了：只有三岁的儿子刘道培浑身沾满了血，手里提着一把血淋淋的菜刀站在厨房门口，地下是三只已经被杀死的鸡……丁朝霞毛骨悚然，培培才三岁多一点呀！他怎么会这样？

残酷的现实，让她不敢多想却又不得不去想……

自从收养培培之后，丁朝霞把全部心血都放在了孩子身上。然而让她不安的是培培从小就表现异常。一岁多时，家里养了一条小狗，培培似乎很喜欢它，经常与小狗嬉戏。可是忽然有一天，丁朝霞下班回家却发现小狗被淹死在水桶里。培培还用被子捂死过兔子，从阳台上摔死过猫。一开始，大家只是把这些看做小男孩的淘气。可随着时间的推移，培培的劣行非但没有减少，反而更加变本加厉，现在竟然连杀了三只鸡，丁朝霞吓出了一身冷汗。

孩子会不会有什么毛病？

带着这个疑问，她领着孩子到了乌鲁木齐市医院，检查结果比她想象得还要糟一百倍！医生告诉她，这孩子有暴力倾向。暴力倾向是一种病态，就如同先天聋哑一样，目前还没有方法治疗。医生还特别嘱咐她：要尽量少让这孩子与社会接触，因为随着能力的增长，他会危害社会。

这让丁朝霞如五雷轰顶。

从医院回来后，丁朝霞陷入了痛苦之中：一个已经让她付出了三年的生命，一个如果继续走下去将会是凶多吉少的未来，她到底应该怎么办？

好像老天在故意和丁朝霞作对，就在检查结果出来没几天后，培培突然莫名奇妙地发起了高烧，吃药打针都不管用，心

急如焚的丁朝霞背起培培去了医院。急诊室检查结果出来了，高烧严重损伤了培培的脑神经，而且还伴有肺炎等并发症，培培现在生命垂危。医生让丁朝霞在病危通知书上签字。丁朝霞眼前一黑，一屁股跌坐在地上。等她醒来后，立刻跪倒在地，请求医生一定要挽救她的儿子。

在经过了16个小时的抢救后，培培终于脱离了危险。接下来的几天，不停地输液、打针、吃药，丁朝霞一直抱着昏睡的儿子，祈求上天保佑她的儿子。

出院后，培培变得异常的安静，反应也迟钝许多。这天，家里的客人跟培培说话，培培像听不见似的不理人家。接下来发生的事更令人意想不到：培培突然伸手打了那个他应当叫爷爷的客人一巴掌！丁朝霞真的生气了，她大声地训斥培培，培培却一脸疑惑地看着她，无动于衷地站在那里。丁朝霞靠近儿子大声呵斥，培培便开始发疯似的撕扯她的衣服，到处乱撞，丁朝霞惊呆了……

儿子为什么会这样？难道暴力倾向没有任何改善？她急忙抱起儿子又跑向了医院。

结果出来了，由于药物使用过量，培培左耳完全失聪，右耳重度失聪，并且智力严重受损。

丁朝霞大脑一片空白，仿佛坠入了地狱，望着窗外银色的世界，她却陷入了痛苦的深渊。

有好朋友来劝她：算了吧，还是把这个孩子送到福利院，自己再想办法生一个，干嘛非要背上这个沉重的包袱。好多亲戚也纷纷登门，甚至有的把福利院都联系好了。丁朝霞犹豫了，三天三夜没有睡觉。

有一天晚上，丁朝霞实在困得支撑不住了。刚要合眼，儿子突然大声哭了起来，怎么哄也没有用。儿子撕心裂肺的哭声像针扎一样刺痛着她的心，泪水夺眶而出。

丁朝霞忽然明白了一件事：培培，这个与她虽然没有血缘关系的儿子，已经和她血肉相连，无法分开了。既然上苍把儿子赐给她，那她就是儿子的依靠，不论遇到什么事，她都不能退缩！

为了让儿子健康地成长，丁朝霞买了很多关于智障儿童教育的书。她费尽心思，用心良苦地教儿子学说话。也许此时同龄的孩子已经去学画画、学跳舞了，可丁朝霞每天还要花十几个小时的时间教培培练习说话，有时连嗓子都喊哑了。苍天不负有心人，培培终于能从简单地说几个词发展到慢慢可以说成句的话了，丁朝霞高兴极了！

然而，丁朝霞的恶梦还远没有结束。

这天，丁朝霞下班回家，突然发现培培躺在地上抽搐、口吐白沫，她赶紧把儿子送到医院抢救。原来，培培患上了癫痫！

这又是一种目前尚无法根治的顽疾！

丁朝霞像当头挨了一棒，欲哭无泪。老天啊，你为什么要这样一而再、再而三地折磨我们母子？

面对培培同时患有暴力倾向、耳聋、智障、癫痫等多种严重疾病的现实，本来就反对收养这个孩子的公公态度更坚决了，已经有所缓和的丈夫也转为反对，就连当初积极支持丁朝霞抱养培培的婆婆也犹豫了。他们组成了联合阵营，坚决要丁朝霞把孩子送出去。

其实，早在把培培抱回来的最初几天，由于丈夫和公公的坚决反对，丁朝霞也曾竭力寻找过这孩子的生身父母，无奈茫茫人海，她费尽周折也找不到任何的线索，事情就一天天拖了下来，她与孩子的感情却越来越深。如今已经过去了三四年，叫她再到哪儿去寻找孩子的生身父母？而现在如果放弃他，孩子的前途只有一条：夭折。

丁朝霞无法将一个生命放弃，更何况这个生命已经与她朝夕相处了三年多，已经融入了她的生命。她无法想象把一个有着这么多问题的孩子扔给社会，会给这个社会带来什么。

丁朝霞力排众议，倾尽全力地保护她的培培。

而培培全然不知道围绕着他发生的这一切，依然我行我素。他已经无法控制自己的行为，见人打人，见动物攻击动物，以至于附近的狗和猫见了他都浑身颤抖，唯恐避之不及，更不用说是其他的孩子了。有一次丁朝霞下班早，到了家见邻居们领着孩子在街口唠嗑，便亲切地与他们打招呼。突然有人喊："刘道培来了……"众人慌忙带着孩子各自跑回家，紧紧关上门，把丁朝霞一人撇在街头。丁朝霞扭头一看，果然是儿子来了，培培手里挥着树枝，正追着一条狗打。

丁朝霞惊呆了，培培无辜地望着她。是呀，他不知道自己有病。他不明白别人为什么见了他就跑开。他认为打人、打狗都是很正常的行为。对于一个有病的孩子，你能责怪他什么呢？

漫漫征途坎坷路，寻医问药到天涯

丁朝霞的眼睛湿润了，默默地带着培培回家。为了不使培培伤害到其他小朋友，她暂时不让培培与别的孩子接触。但为了培培的视野不闭塞，丁朝霞便经常带儿子去野外郊游。她发现培培在野外时情绪比较稳定，这使她看到了希望。

培培的癫痫病还是不时地发作，发作起来非常吓人，孩子的痛苦可想而知。为此，丁朝霞决定克服一切困难，给孩子治病。她到处打听哪儿能根治癫痫病，先后带着培培去了天津、上海，但效果都不明显。偶然听说四川绵阳有人专治此病，就带上培培动身去绵阳。

从乌鲁木齐到绵阳，山高水长，路途遥远。母子俩到了绵阳，又坐了几个小时的农车。经过一番颠簸后，司机指了指远处的一个小村庄。艰难地走在崎岖的山路上，丁朝霞步履蹒跚，第一次见到冬日青山绿水的儿子却显得格外兴奋。绕过一个山头，终于出现了几户人家。此时的丁朝霞全没了先前的信心，眼前几间破烂的土房子难道就是医院吗？

夜暮降临时，丁朝霞带着儿子走进了昏暗的小屋。煤油灯微弱的光亮使丁朝霞只能隐约看清灯周围的家具摆设：两张相差一米远的木板床，挂在梁上用来隔挡的白布格外刺眼，一个女人正在给床上奄奄一息的男人喂水。

一个自称是护士的农妇送来两床味道很重的褥子，丁朝霞咬紧牙关：既然把希望寄托在了这里，就不能退缩！突然，隔壁的女人放声大哭，丁朝霞扭头一看，床上的男人已经停止了呼吸，瘦骨嶙峋的五官在昏暗的灯光下格外的清晰，一双眼睛无助地望着房梁。丁朝霞不寒而栗。

绵阳漆黑的夜晚伸手不见五指，丁朝霞的脑海中不时闪现出隔壁男人死亡时的脸，她哭了，这是她抱养培培后第一次哭泣。她捂着嘴巴哽咽，周围的空气似乎都向她攻击开来，她感到恐惧，把头深深地埋在被子里，臭烘烘的味道让她呼吸困难，湿热的潮气让她出了一身冷汗。终于熬到凌晨四点多，屋外微弱的光线终于使小屋有了一丝光亮，丁朝霞注视着儿子模糊的小脸，微微张开的小嘴呼出的温暖气息像股暖流一般温暖着她的心。她悄悄地爬起来，抱起儿子，离开了这个恐怖的乡村诊所。

从四川回到乌鲁木齐后，培培还是继续发病，丁朝霞不放弃任何一个可能治好培培的机会，又辗转去了厦门、青岛等地，虽然期间遇到了各种各样的困难，但都不能动摇丁朝霞继续为培培寻医问药的决心。

虽然一次次的治疗效果不明显，但是丁朝霞从培培的表现中看到了希望。培培在路上时比在家中要懂事得多，特别是在困难的时候，他甚至知道照顾和安慰妈妈。有一次，丁朝霞累得病倒了，培培主动为她端来了一碗水，丁朝霞激动得哭了，所有的劳累、病痛、委屈一扫而光。

转眼五六年过去了，为了给培培治病，丁朝霞花光了所有的积蓄。终于在一次例行复诊时，医生宣布培培已经没有癫痫病的迹象了。听到这盼望已久的消息，丁朝霞喜极而泣，激动得半夜没睡着，她的辛苦没有白费，她的儿子终于可以健健康康地生活了。

为了妈妈，我要拿冠军

为了让培培的身体尽快强壮起来，丁朝霞想尽一切办法陪儿子锻炼身体。在试验了很多方法后，她发现打乒乓球对于培培的恢复特别有效，而且培培也喜欢打乒乓球。于是丁朝霞开始不厌其烦地教培培打乒乓球。但是，即使是正常的孩子，一旦把打乒乓球作为事业，日复一日的训练也会感到厌烦，更何况是培培。这天，训练过程中乒乓球突然不见了，怎么也找不着，训练只好中止。这时，丁朝霞忽然发现培培的嘴鼓鼓的，一直不说话。原来，培培把乒乓球含在了嘴里……

1998年，厄运再次降临，丁朝霞的丈夫因肝癌不幸去世。沉重的打击使丁朝霞一病不起。

培培初到这个家时，丈夫是持反对意见的。后来也许是被丁朝霞的真心所感动，也许是被培培感化，他也渐渐喜欢上了培培。培培也总是缠着他"爸爸爸爸"叫个不停。在丁朝霞带着培培到处治病时，丈夫就像顶梁柱一样支撑着这个家，是他的力量支持着丁朝霞走到今天。但现在好好的一个人忽然没了，丁朝霞心里空落落的。家里到处都有丈夫的影子，每每想起丈夫的点点滴滴，丁朝霞的眼泪就流个不停。

丁朝霞一天天憔悴下去。有一天，儿子端来一碗稀饭，丁朝霞连睁开眼睛的力气都没有了，忽然听到儿子并不清晰的话："妈妈，你吃点吧，这个是培培做的稀饭，妈妈吃下吧……培培已经没了爸爸，要是妈妈也没了，培培怎么办？"丁朝霞用尽全身的力气睁开满是泪水的眼睛，看着儿子在泪水中模糊的身影。是呀，儿子长大了，懂事了。为了儿子，她要活下来！

和着泪水，丁朝霞艰难地咽下儿子为她做的稀饭。

转眼间，培培20岁了，已经成了一个大小伙子。而丁朝霞的父亲，也就是培培的姥爷，走到了人生的终点。

病房里，丁朝霞寸步不离地守候在爸爸的病床前。在为父亲擦洗身子时，父亲用手捂住了下身。"妈妈，我来吧！"是培培！只见他一丝不苟地为姥爷擦洗、翻身，伺候得十分周到，令同室的病友和医生都十分惊讶。大家都说，这孩子真孝顺，这么尽心尽力地伺候姥爷！看到丁朝霞累了，培培还过来给她捶背："妈妈，你有心脏病，姥爷我来照顾……"培培无微不至地照顾姥爷，端屎端尿，替姥爷擦身。临终前，老人拉着丁朝霞的手说："霞儿，关于培培……爸爸错怪你了！”

这是培培来到这个家后，姥爷第一次对他的肯定。丁朝霞激动地跪在爸爸的病床前，她为培培感到自豪，觉得自己所有的付出都是值得的！

姥爷辞世之后，培培又尽心尽力地帮妈妈照顾姥姥、爷爷和奶奶，这让丁朝霞感到莫大的欣慰。

付出总有回报。终于，丁朝霞发现儿子打球渐渐进入状态，同时，培培性格上也起了微妙的变化，丁朝霞发现儿子逐渐开朗起来，她最喜欢看儿子打球时专注的眼神。

2007年，刘道培入选国家乒乓球特奥队，并在2007年上海特奥会上获得第四名的优异成绩！

丁朝霞说，培培正在为2009年美国国际特奥会和2011年日本国际特奥会积极准备。当记者问他的目标时，他伸出食指：“为了妈妈，我要拿冠军！”他的话，有些含混，但他的语气，非常坚定。

感悟与思考

都说孩子是母亲身上掉下的肉，是母亲生命的延续，爱自己的孩子是每个母亲的本能。但是，能对别人的孩子也视如己出也许并不是每个人都能做到的。丁朝霞却为一个无意捡来的弃婴付出了自己全部的爱。

智障、失聪、癫痫……任何一种病症都足以让人想到放弃这个与自己没有任何血缘关系的孩子。可是，当一次次遭遇灾难，当一次次面对折磨时，这个伟大的母亲却始终选择了坚强。

我们无法想象要顶住重重压力保护这个幼小的生命需要多大的勇气，要抵御重重磨难带孩子求医问药需要多大的毅力，要培养一个智障加失聪的孩子去学会关爱他人、追求成功需要多大的耐心……可她却做到了，她用一生的奉献，改变了孩子的一生。

在我们时常抱怨人们之间越来越薄情寡义、越来越自私冷酷的今天，让我们一起来体味一下丁朝霞的故事，共同感受这宽厚善良的人性吧！只要我们都能收起自己的冷漠和抱怨，对他人多一点关怀、多一点爱，这个世界一定会变得温暖起来！

我的父亲 不是生身父亲

这是一个从网络上走下来的动人故事。写得一手美丽网文的竹子和母亲、哥哥都是重症进行性肌无力患者，生活不能自理，全靠竹子残疾的继父照料。这个与母子三人没有任何血缘关系的男人，三十多年如一日，任劳任怨，实现着自己的诺言……

轻松、幽默、快乐，网友曾认为写出如此美丽网文的“竹子”是一位美女作家

“有道是儿行千里母担忧。赴京的日子确定下来后，我的母亲差不多变成祥林嫂了，成天念念叨叨要买冬衣，那紧张样，好像我们去的不是北京，而是冰天雪地的西伯利亚。只是南方似冷还暖，服装店的老板没有卖炭翁的超前意识，店铺里琳琅满目的全是夏秋装，把母亲急得如热锅上的蚂蚁似的。

“我说她小题大做。三两天时间，何必人费周章。

“她说我是千年走一回，怎么说也得衣衫光鲜鞋儿亮。

“晕倒！母不嫌子丑，她也不想想，就她这傻儿子穿了龙袍也不像太子的。

“……”

上面这篇文章发表在2005年10月15日新青年网上。作者网名叫竹寒欣，网友们亲切地称他为“竹子”。幽默的文风，老到的文字，乐观的生活态度，是他文章的一贯风格。

竹子在网上露面的时间并不长。2003年，舅舅送给他一台电脑，给他打开了一扇连接外面世界的窗口。在五彩缤纷的网络中，他最感兴趣的是网友们写的许多好文章。从小就喜欢写作文的他禁不住诱惑，也开始练习着用五笔输入法写文章。很快，他别具一格的文风引起了许多网友的关注。一开始，甚至有网友认为他是女的，猜测他是一个才貌双全的美女作家，送他个昵称“竹子”。有位版主还曾感叹，如果哪位男性网民能娶竹子为妻，那将是最幸福的。

两名美女网友来到竹子的家，眼前的一切令她们惊讶不已也感动不已

于是，2005年的7日1日和2日，两名年轻美丽、网名为“焱阳”和“雨巷”的白领女网友，分别从上海和深圳，来到了位于大山深处的南平邵武市晒口，迈进了竹子的家门。她们与竹子在网上已经交往了一年多，也通过若干次的电话。在电话里，竹寒欣告诉她们，他是男的，来自一个残疾人家庭，他自己也是重度残疾，生活不能自理，但两人不相信，至少是半信半疑。可是，一迈进竹子家的门，她们就被眼前的一切惊呆了。竹子家的情况，比竹子在电话里告诉她们的，要差得多！完全可以用“悲惨”来形容！竹子在文章里、电话里谈到他和家里的一切时，都是用乐观的、幽默甚至略带调侃的语言，所以不论竹子怎样对她们强调他说的一切都是真的，她们也不会想到事情是这样！竹子的一家四口，居然真的全都是残疾人，而且，竹子的妈妈、哥哥和竹子本人，都是重症肌无力患者。三个人生活都不能自理，全靠竹子的爸爸朱邦月照料。六十多岁的朱邦月，腿也有残疾，走路一瘸一拐的，非常吃力。两个人完全被震撼了。而震撼和感动她们的，不仅仅是竹子在这样的生存状态下的乐观和豁达，还有跛着一只脚的竹子爸爸！面对年近七十的竹子妈妈、正值壮年的竹子哥哥和竹子这三个重症残疾人，竹子爸爸生活的全部就是照料这娘仨的吃喝拉撒睡。每天早晨洗衣做饭拖地，然后费力地把三个人一个一个地抱起来，为他们穿衣，帮他们洗漱，喂他们吃饭（竹子稍微好一点，可以自己吃饭），之后扶他们休息；中午再一个个伺候他们吃午饭；下午再一个一个地为他们洗澡；之后是晚饭。对于竹子爸爸来说，一天中最悠闲的事就是到市场买菜和晚饭后看一小会儿电视。就连把三个人放倒睡觉也是件累人的活，晚上也不能睡踏实，因为还要起来为他们各翻四次身……

竹子要求两人对他的家庭情况保密，他不想打扰网友们的好心情。可是两个人却食言了。因为她们太受震撼了！太感动了！事情传到当地电视台，电视台邀请竹子写一篇文章，介绍一下自己的家庭，于是，网上就有了竹寒欣写的《我的父亲不是生身父亲》。

《我的父亲不是生身父亲》，竹子和一篇网文引起轩然大波

竹子的这篇文章题目直截了当：《我的父亲不是生身父亲》。他在文章中说，他的生父早已去世，他和母亲、哥哥都是进行性肌无力患者，三个人的起居全靠68岁的继父照料，而继父又在20年前因车祸伤了一条腿。所以，自己的家是一个四口人全残疾的家庭，而且其中三个人是五级和五级以上重度残疾，生活不能自理。

这篇文章在网友中引起了轩然大波。什么是“进行性肌无力”？什么是“五级残疾”？网友们上网一查，不禁骇然：进行性肌无力是三大绝症之一！五级残疾就是生活不能自理，只比植物人略好一些！

网友们大都不信，以为他（有人还坚持认为她）是在作秀，是编造故事赚取网友的眼泪。如此老到的文字，岂是没受过正规高等教育的人写出来的？如此乐观的态度，不断地为我们带来快乐的写手怎能出自一个四口人全残疾的

家庭？如此幽默的文风，岂是一个生活不能自理的人写的？你竹子也未免太过分了吧？你是谁？你有什么权力破坏竹子在我们心目中的完美形象？于是，讨伐和质问的文章如箭簇般射向竹子。而竹寒欣却丝毫不为所动，连续写了一篇又一篇文章，印证自己苦难的身世，歌颂自己伟大的继父。

凄美的故事令网友们唏嘘不已

竹寒欣在文章中说："春过了是夏，夏过了是秋，秋过了是冬，花谢了花还会开，四季尚各有各的美丽，万物尚有绽放的璀璨时刻，可是对于父亲来说，苦难过后还是苦难，年复一年，永无止境，除非……死亡。"

被网友们亲切地称为"竹子爸爸"的朱邦月，原是邵武煤矿的掘进工。上世纪60年代，生活单调而贫穷。朱邦月最经常的娱乐活动就是到邻居家打扑克。邻居姓顾，是个大学生，因为出身问题，也因为身体不好，只能在煤矿干个小小的会计。老顾的妻子，也就是"竹子妈妈"，身体也不好。善良的朱邦月就经常帮他们干点诸如打水砍柴之类的体力活。久而久之，朱邦月和老顾就成了好朋友。

在竹子的哥哥两岁、竹子还在妈妈肚子里时，老顾突发心脏病去世了。本来身体就有点儿残疾的竹子妈妈（那时还不知道自己患的是进行性肌无力，表现得也还不太明显），拖着小的怀着没生的，无法生活，只好决定回娘家。可是她这个样子，自己连娘家也回不了。矿领导就派朱邦月护送她和孩子。那时正处在混乱的"文革"时期，路上他们遭遇大规模武斗，交通堵塞，万般无奈之下，只好又返回了矿上。不料，竹子出生后的第三天，矿上爆发了大规模武斗，武斗的双方在竹子家房子后面埋上炸药准备一决雌雄。一家人危在旦夕！于是朱邦月只好带着这娘仨逃亡。先到山上避上几天难，然后再送他们回娘家。这是一次艰难的行程。在江西鹰潭，他们遇上红卫兵拦火车进京请愿，于是只好下车到南昌、九江寻找出路，不得其路又重返鹰潭……当朱邦月历尽千辛万苦安全地把这娘仨送到竹子的外婆身边时，一向好脾气的竹子的外婆不明真相，指着朱邦月的鼻子指责说："你也太大胆了，坐月子的人你也敢带着到处跑，出了事我看你怎么交待！"

憨厚的朱邦月并没有为自己辩解，他只为这苦命的母子三人能平安到家而高兴。

后来，朱邦月娶了竹子的妈妈，成为竹子和哥哥的继父，承担起了照顾这一家三口的责任。为了避免分心和可能出现的麻烦，朱邦月毅然决定不生自己的孩子，而把竹子和哥哥视为己出。为此，他让大的随生父姓顾，而让竹子随自己姓朱。竹寒欣在文章中是这样调侃他的继父的："他的鲁莽草率使他陷入了万劫不复的深渊，他不知道我母亲得的是一种极其可怕的怪病——进行性肌营养不良症，更为可怕的是母亲将这种病通过不良的基因遗传给了我哥哥和我。"

和竹子妈妈结婚后，朱邦月一直过着节衣缩食的日子，以省下尽可能多的钱买药和补品。在那个物质匮乏的年代，为了增加收入减少开支，他到河边开垦荒地种菜，在门口搭窝棚养鸡养鸭；为了让三个病人特别是两个孩子多吃一点肉，他翻山越岭去乡下，用节省下来的布票粮票到农民家里换猪肉。他自己早餐啃馒头配咸菜，而两个孩子却一直过着早餐吃鸡蛋牛奶的小康生活；听说人参可以健体，便买来人参让孩子们吃，实在买不起了，就买最便宜的参须，装在孩子的口袋里，让他们课间当零食吃。上世纪80年代开始，市面上出现了保健品，于是，"参茸蜂王浆"、"太阳神口服液"等便和两个孩子形影不离……这样的生活一直维持到朱邦月不幸遇上车祸。

尽管朱邦月把两个孩子视为珍宝，但是残酷的现实令他苦闷不已。竹子的哥哥高中毕业后，因为健康原因在找工作时屡屡碰壁，这让朱邦月陷入了苦恼。他不明白，为什么自己辛辛苦苦养大的孩子社会竟然不接纳？而接下来竹子的高考失利更使他的苦闷达到极点，老实巴交的他常常因此神情恍惚，谁知，这样的心神不宁差一点要了他的命。

那一天朱邦月去送材料，心不在焉地骑着自行车往前走，迎面驶来一辆装满沙石料的卡车，他这才发现前面狭窄的单行道上有块石头拦住了去路。朱邦月下意识地下车，脚却送入了卡车的车轮之下。当人们的惊叫声响起时，朱邦月发现自己已经倒在了血泊之中。看着血肉模糊的脚，朱邦月的心里感到奇怪：怎么没有痛的感觉？

妻子苦苦哀求医生不要给朱邦月截肢，但由于付不起高昂的医疗费用，朱邦月的这条腿患了骨髓炎，每天要自己挤脓水……

从此，这个不幸的家庭陷入更大的不幸。

母亲和哥哥所能承担的家务越来越少，后来包括竹子在内，需要朱邦月照顾得越来越多。而拖着一条残腿的朱邦月就几十年如一日无怨无悔地照顾着他们，并且一如既往的乐观、豁达。

父亲为什么要这样做？为什么要心甘情愿地作出如此巨大的牺牲？竹子也在深深地思考这个问题。在文章中，竹子是这样揣度继父的，或许可以为我们提供参考：

“我父亲在还没有断奶的时候父亲便过世了，他的母亲将他交给他爷爷后就改嫁了，是他的爷爷四处讨奶水养大了他，后来爷爷过世，他便一个人过起了四处流浪的日子。他明白没有父爱的孩子有多可怜。

“又或许是他看到我残疾的母亲在那么困难的情况下也没有放弃孩子受到了感动，又或许是我一出生他在无微不至的照料时萌发了为人父亲的那种神圣感，也可能是这一段患难与共的逃亡经历培养了感情，所以善良的他毅然决然地走入了这个家。”

竹子对生活的乐观态度当然是受朱邦月影响。他曾绝望过，并且喝下了农药自杀。朱邦月发现后，急得跳着高喊："怎么会这样？怎么会这样？你只要活着，叫我干什么都可以的呀！"要知道，他的一只脚是流着脓的，不用说跳，每走一步都钻心的痛。可是那一刻他完全没有感觉到痛，双脚高高地跳离了地面。由于抢救及时，竹子活了下来。从此他知道了自己在继父心中的地位。他为自己的懦弱而羞愧。他决心坚强地活着，乐观地活着，尽自己的可能，做一点儿对社会有用的事情，带给别人快乐。竹子以自己为原型所写的长篇纪实小说，已近杀青。小说中，继父无疑是最重要的人物之一。

感动你我，感动永远，让我们衷心祝福他们

这样的一个残疾之家，却有着如此乐观的生活态度，如此重情重义的父亲，如此知恩图报的儿子。众多的网友被感动了，他们激动、奔走、呼吁，要让更多的人知道竹子一家的故事。在他们的指引下，山东电视台《天下父母》制片人吕明晰走进了竹子的家，再后来，竹子和他的父亲走进了《天下父母》北京演播室，由山东电视台、新青年网和山东童年慈善会联合举办的"'救救竹子'大型公益活动"也就此拉开了帷幕。

作为栏目的工作人员，笔者与北京的网友、先期到京的外地网友们到机场迎接朱邦月和竹子。宽阔的首都机场，旅客们都已出站，朱家父子却迟迟未露面。焦急中的我们得到信息，他们俩早已下了飞机，却无法走出机场！我们赶紧向机场工作人员寻求帮助。终于，我们看到一个轮椅被工作人员推了出来，旁边还有个一瘸一拐的老人。这就是他们的首次亮相！大家拥上去，不知

道该说点什么好。竹子的双手连鲜花都抱不住，把他从轮椅上抱上汽车很费了一番力气。这使我们非常感慨。竹子的情况，比哥哥和母亲还好一些。朱邦月一个人几十年如一日地照顾他们三个，是怎样的付出？需要有怎样的精神？

第二天一大早，我们带着朱家父子去看升旗。当雄壮的国歌奏响、鲜艳的五星红旗升起来时，我们看到朱邦月和竹子眼中都充盈着泪水。

朱邦月从网络走上了电视，走上了报纸，走上了山东电视台“感天动地父母情十大感动人物颁奖晚会”的领奖台。在大红的地毯上，在五彩的灯光下，在灿烂的礼花中，他的话依然是那么朴实，他的笑容依然是那么纯朴憨厚。他说他最牵挂的是家中三个亲人，他担心别人照顾不了他们三个，也担心他们会不好意思对别人提要求。而竹子，则不断地打电话、发邮件，询问父亲下车了没有，到济南了没有，生活得怎么样。这种浓浓的父子之情深深地感染着我们……

荣耀是短暂的，感动是永恒的。我们会永远记得，在武夷山下，有这样一个家庭，有这样一个儿子，有这样一个父亲！

让我们祝福他们！

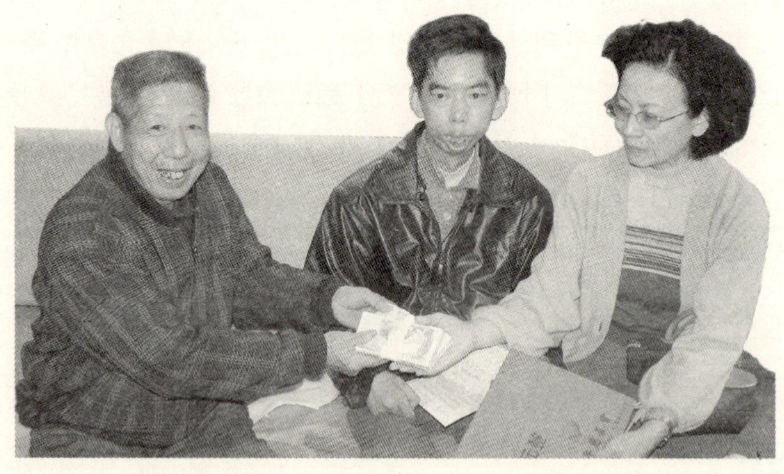

感悟与思考

如果说女人的爱如细水，绵绵不绝，那男人的爱必定如山，气势磅礴却又深沉厚重。本文讲的是一个从网络里走出来的真实故事，一个重情重义的男人朱邦月感动了无数人。

写得一首美丽网文的竹子来自一个残疾人家庭，竹子本人和妈妈、哥哥都是重症进行性肌无力患者，生活不能自理，全靠继父朱邦月照料，而60多岁的朱邦月也因车祸导致了残疾，走路一瘸一拐。

就是这个与竹子母子三人没有任何血缘关系的男人，当初毫不犹豫地许下了照顾竹子母子三人的承诺，独自承担了照顾这个家庭的重任，三十多年如一日，无怨无悔。其中的艰辛，我们无法想象。

爱是重情重义、无私奉献，爱是自强不息、乐观豁达，任劳任怨、无微不至的亲情也是一种大爱。

付出不求回报，用心守护家人。当亲人遇到困难时，我们能够为他们分担些什么呢？

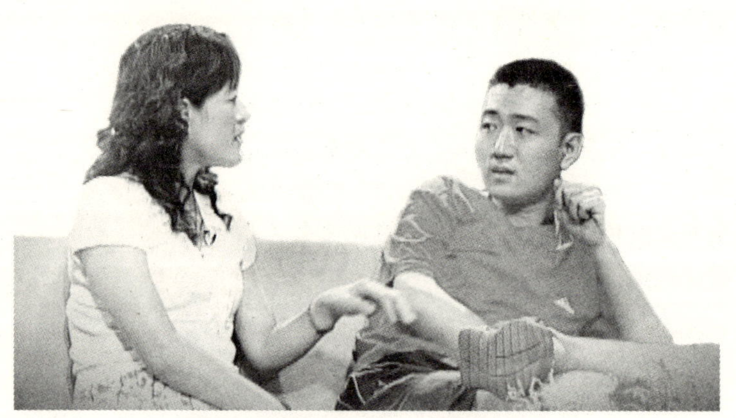

手拉手，不再孤独

他们有着清澈透亮的大眼睛，却从不与他人对视；他们有着别样的思维，却从不允许他人知晓；他们有着自己缤纷的世界，却从不与他人分享。

有人说，他们是“星星的孩子”，本应生在遥远的天上，却不小心落入了人间。他们有着一个美丽却寂寞的名字——“雨人”，他们是装在雨衣里的孤独的人。

可爱的天使，全家人幸福的源泉

1989年，龙龙如天使般降临到了人间。他白皙的皮肤、柔亮的头发、水汪汪的大眼睛着实让全家人疼爱，让四邻八舍羡慕，妈妈王红对他更是疼爱有加。尤其当龙龙一岁之后咿咿呀呀地学着叫“妈妈”时，王红的心里更像是吃了蜜一样甜，抱着儿子亲个不停。全家人都把他视为宝贝，时不时地捏着龙龙的小鼻子叫他“聪明的小机灵鬼”，王红心里美得像花儿一样，幸福地憧憬着儿子的美好未来：等儿子长大些，让他去学钢琴，学画画，就算她和丈夫再苦再累也一定要把儿子培养成才。

一家人开开心心地过着幸福的小日子。

儿子被确诊为孤独症，幸福的家庭顿起波澜

可是等龙龙长到一岁多的时候，家里却忽然安静了，没有了龙龙嬉戏时的喧闹和银铃般的笑声，更没有了龙龙令人疼惜的撒娇声。龙龙每天只是自顾自地摆弄着手中的陀螺，甚至连王红的呼唤也充耳不闻。

起初大家以为龙龙是在专心学什么，可是渐渐地，龙龙走路的姿势也不对劲了，总是踮着脚尖走；看人的眼神中更是带着恐惧、冷漠，连面对妈妈时也是如此；龙龙甚至没有了语言能力，连最本能的“妈妈”也不再叫了。

王红呆了，她的宝贝儿子怎么了？为什么看她的眼神那么冷漠，连妈妈也不会叫了？全家人也都慌了。从来没见过这样的孩子呀，小时候是那样的聪明伶俐，怎么越大反而越不懂事了呢？

充满疑惑的王红带着儿子来到儿童医院，经过一番细致的检查之后，医生的结论让王红陷入茫然：“孤独自闭症”！

医生翻开一本资料耐心地给王红解释：自闭症是一种伴随患者终生的先天性发育障碍疾病，病因不明，也无法治疗，目前排在儿童精神障碍的首位。患自闭症的孩子有以下几个特点：一是语言能力差，对别人的话充耳不闻，自己也不会说话或者说不清楚；二是眼神交流障碍，自闭症的孩子从不与他人对视，即使是自己的父母也不例外；三是行为刻板。和正常的孩子相比，患自闭症的孩子会习惯于做同一个动作，如果没有人介入，他们可能就做很长一段时间。患孤独症的孩子们只活在自己的世界里，不会理会任何人，更不能体会别人的喜怒哀乐。

一岁半的龙龙，被确诊为“自闭症”，王红的头“嗡”的一下，如同遭遇了晴天霹雳。儿子怎么会得这种病？她和丈夫都是健康的，而且儿子本来好好的，怎么会这样？

望着正在独自玩耍的儿子，她怎么也不能接受这个事实。可是龙龙完全不知道发生在他身上的事情，周围的一切都无法引起他的注意，他只是专注地盯着旋转的车轮。王红心里像打翻了五味瓶，说不清是什么滋味。龙龙曾带给她多少幸福！而如今她却不得不接受龙龙患有严重疾病的现实。她仿佛从阳光灿烂的天堂直接摔进了漆黑的地狱，没有方向，没有出路，有的只是无尽的黑暗。

回到家，龙龙的一言一行成为全家人关注的焦点。所有的人都希望能有奇迹发生，都希望医生的诊断是错误的，幻想这种状况只是因为这一段时间大人们缺乏与龙龙的沟通所致，龙龙很快就会恢复正常了。所以只要一有时间，大家就逗龙龙说话，拉着他的手和他做游戏，给他买来各种各样的玩具、零食，期望龙龙高兴。可是，日复一日，月复一月，所有的努力都是徒劳。龙龙对于亲人的努力一概置之不理。相反，他的行为越来越怪异，性格越来越孤僻，越来越不近人情。龙龙的病情越来越重了。这个可爱的天使成了全家人的痛。

渐渐地，大家接受了这个残酷的现实。他们绝望了，对龙龙不再抱有任何希望。背着王红，他们开始悄悄地商量着什么。

这天，公公婆婆告诉王红，晚上要开个家庭会。

当然是讨论龙龙的事。

公公和婆婆表示，我们都为龙龙感到惋惜，但是为了这个家，为了你们的将来，你们再生一个孩子吧。王红望望丈夫，丈夫也很为难，他理解妻子，却也深知父母的心愿。父母已经尽力了。龙龙既然治不好了，再生一个也在情理之中。他对王红轻轻点点头。

全家人的目光都盯着王红。

王红犯难了，不知道何去何从：再生一个，那么全家人对龙龙的爱就会少之又少，她要哺育新的生命，也无法再好好照顾龙龙，那龙龙怎么办？真的要任由龙龙自生自灭吗？他还那么小，又得了这种病，如果照顾不周，龙龙随时面临死亡。她不敢再往下想。要放弃龙龙，她做不到。何况医生说过，再生一个孩子，患有同样病症的几率很高（不少于40%）。如果再生一个也像龙龙这样的孩子，那不是更给自己和家人增加负担吗？她无法同时照顾两个生病的孩子，而且这又是一种几乎无法治愈的疾病。

整整一夜，王红辗转反侧，泪水浸湿了枕头，她陷在矛盾中不能自拔。最终王红下定了决心：好好照顾龙龙，给龙龙治病，不再生第二个孩子。

天亮了，她把自己的决定告诉了公公婆婆和丈夫。

公公婆婆虽然很无奈，但看到王红哭红的眼睛和憔悴的表情，他们也没再坚持；丈夫则表示支持妻子。

意外地得到丈夫的支持，眼泪在王红眼眶里打转。

作为母亲，她却无法走进孩子的世界

俗话说“母子连心”，可王红却从来不知道龙龙在想什么，她无法走进龙龙的内心。回想起以前龙龙看到她时热情的眼神，回想起以前龙龙叫妈妈时开心的笑容，王红特别无助。龙龙的刻板使她不知该如何处理与龙龙的关系，她咨询了很多孤独症的专家，试过很多方法，都不见成效。

王红跑遍了西安大大小小的医院，咨询了无数个儿童孤独症的专家，其中一位专家的话让王红铭记在心：一部分孤独症儿童的症状可能会在十八岁之后消失。

王红期待儿子能成为那奇迹中的奇迹。她期待着儿子能在过完十八岁生日的那天晚上恢复正常；期待着第二天的早晨儿子能活蹦乱跳地给她买来早餐，亲热地跟自己说：“妈，吃早点！”她更期待着儿子能够跻身这个社会，挣钱养活自己。

但是没有。一切都只是幻想。

龙龙偶尔也会说一句话，不过只是个别时候。如果他不想说，谁都别想让他开口。而且，龙龙连饭都不会自己吃，穿衣服也要王红一个扣子一个扣子地帮他系。

这样的状态使王红的信心一点点被时间消磨掉。面对着眼前高大的儿子，王红突然觉得儿子是这样的陌生，她一直想用自己那颗温热的心感化儿子，但是她在儿子身上找不到一丝一毫儿子应该给母亲的热情。她所做的似乎都是无用功，儿子根本就不知道怎样去理解这份热情，他只会沉浸在自己的那片世界里。

儿子失踪，王红再次崩溃了

这天，龙龙突然不见了。一开始王红没有太着急。因为龙龙曾经有过几次自己走出去的经历，但都走不太远，很容易就找回来了。该吃饭了，她像往常一样找龙龙。可是，一连找了几个地方都没有找到龙龙。王红有点意外，就通知了丈夫，并请亲戚们帮着一起找，所有可能的地方都找遍了，却没有丝毫消息。

龙龙就这样凭空消失了。

有人气愤地说："找不着拉倒！这个孩子，把王红的心都操碎了！"

"不！我不许你这样说！"王红突然爆发了。

"唉，说说又怎么了？再说，他也是为你好嘛！"有人劝王红。

"不！"王红坚定地说，"我离不开龙龙！我不能没有龙龙！"

王红说的是心里话。尽管这些年来，自己因为龙龙感到身心疲惫，厌烦过，也绝望过，但是一旦身边没有了龙龙，她总感觉到空落落的，六神无主。王红突然明白过来，龙龙需要她，

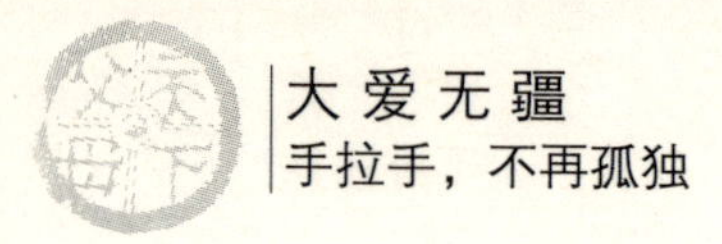

她也需要龙龙，她与龙龙不能分离。

几天来，王红不吃也不喝，在家里苦苦等待龙龙的消息。丈夫和亲人都出去找了，却始终没有消息。贴出去的寻人广告也没有任何人提供线索。王红的手机、家里的电话时刻都不敢占线，唯恐哪一秒会有儿子的消息传来……

王红呆呆地坐在沙发上，望着玻璃窗外，眼神呆滞。由于长时间没有进食，她的嘴唇已经开始脱皮。儿子到底去了哪里？他又不会照顾自己，有没有饭吃？会不会被冻着？晚上睡在哪里？这一连串的担忧在王红的脑海中来回闪现。龙龙万一有个三长两短，让她怎么生活下去啊？

屋外忽然刮起的一阵风吹开了窗子，哐当当的声响吓得王红浑身战栗，那声音仿佛是龙龙在呼唤她："妈妈救救我……"王红发了疯似的追出门外，她希望能随着风的方向找到自己的儿子，围巾被吹掉了，头发被吹乱了，脸被吹得红肿红肿的，她也没有停住脚步，希望能嗅到儿子的一丝气息，哪怕只是一点点……

电视、广告、广播电台……所有的方法他们都试遍了，就这样等啊等啊，终于在龙龙失踪的第十四天，有位好心人称昨天在临通的某个菜市场见到过一个龙龙模样的小男孩。

王红来不及收拾行李，带着龙龙的照片和公公婆婆奔出家门。丈夫也在同时从另一个县城赶往临通。

王红紧揣着龙龙的照片，望着车窗外一闪而过的景色，她幻想着能够马上见到龙龙：龙龙被一家好心人收养了，没有遇到任何危险，现在过得很好！

而当她到了临通，转遍了所有的菜市场也没见龙龙的身影。

忽然，天下起了小雨，王红的衣服被淋透了。由于几天没有进食了，她感到头晕眼花。透过淅淅沥沥的小雨，王红看见龙龙正在马路的那头冲她招手，她一个箭步奔过马路，险些被急驰的车辆撞倒，可是空旷旷的马路上，龙龙不见了。王红这才反应过来，原来这一切都是幻觉。

寻找龙龙的广告定时播出。又一次电视广告刚刚播出十分钟后，一位好心人来电称，十分钟前在临通火车站的铁轨附近见到过龙龙。

王红和丈夫又急忙赶往火车站。她向上苍乞求，一定要让她找到儿子，儿子是她的命根子，没有了龙龙她连活着的勇气都没有了。

顺着铁轨寻找了十几里路，王红终于在一个角落发现了满身伤痕、浑身散发着恶臭的儿子。当看到儿子手上、脚上、脸上全都是淤青，还有已经裂开的血口时，王红再次感到一阵晕眩，幸好丈夫扶住了她。儿子怎么会成这样，十几天前还胖嘟嘟的儿子如今竟然瘦成了“排骨”。王红紧紧抱着儿子：“儿啊，我的龙龙，你怎么从家里出来了啊，让妈妈担心死了……”王红撕心裂肺地呼喊着。儿子晃动着脑袋，委屈地哭着：“坏人……骗龙龙，搬砖……妈妈，不搬就打、打龙龙……”王红心如刀绞，儿子什么都不懂啊，为什么要这么折磨她的儿子。王红急切地问：“龙龙，你这些天都怎么吃饭的啊？”龙龙没有说话。直到上了急救车，儿子在王红的怀里才断断续续地说：“没东西吃，妈妈，饿……不给东西吃……打龙龙！”

王红不敢再听下去了，原来这十四天，龙龙是被一个黑砖窑的包工头骗了去，白天搬砖，晚上就睡在地上，还连打带骂，也不给吃不给喝。儿子从原来的165斤在十几天内骤降到130斤，王红就像被人用刀捅在心头上，钻心的疼啊！

遭遇过这次磨难，龙龙好像变得懂事了。王红下班，龙龙会给她倒水，还会给她按摩，有些时候甚至能与王红进行简单的交流。

王红不敢再奢求别的，她只希望龙龙能平平安安，只要她活着，她就把自己的爱献给龙龙，让龙龙快乐。

“手拉手”给孩子一片阳光

在给龙龙治病的过程中，王红了解了很多关于孤独症儿童的情况。目前我国统计在册的孤独症儿童约有30万至50万。这么大的一个数字！还有多少像她一样的母亲在苦海里挣扎啊！既然这样，那她为什么不以自己的经验和能力来帮助这些父母做点什么呢？

王红主动站了出来，与其他孤独症儿童的妈妈一起组成了“妈妈手拉手”智障儿童康复站。她们在一起交流经验，互相帮助。她们的不放弃也越来越得到社会的理解和尊重。目前她们的智障儿童康复站已经有了一百多人。

现在，已经有越来越多的孤独症孩子的父母团结、联合起来，互相鼓励、交流、帮助，相互扶持着走在这条艰难的路上。

王红决心用她无私的母爱，帮助更多的孩子和父母走出痛苦的深渊。

一位康复站的母亲说到，其实养育孤独症孩子的艰辛并不可怕，可怕的是别人看我们的目光，是别人的好奇与冷漠。我们呼吁社会能给智障儿童以及他们的家人更多的理解和关爱，希望有更多的人能和这些智障孩子手拉手一起走下去，爱会使我们一起拥有阳光。

感悟与思考

“雨人”，一个听上去很美的名字；“雨人”，一个孤独绽放的生命。他们没有对天伦之乐的感知，没有对友好关爱的期待，没有对四季轮回花开花谢的感触。他们在自己的世界里无助地徘徊着，把亲人留在无边无际的痛苦之中。在承受着巨大痛苦的同时，王红与其他自闭症儿童的妈妈们一起勇敢地站了起来，组成“妈妈手拉手”智障儿童康复站，为帮助自闭症儿童作出了自己最大的努力。

我们无法走进自闭症儿童的世界，无法改变他们和家人的命运，但我们至少可以收回我们好奇的眼光，放弃我们的偏见，去尊重、保护、理解和关爱这些无辜的生命，为他们创造一个温馨和谐的世界。

母子擒贼记

如果把窃贼比作破坏社会和谐的硕鼠，那么，反扒高手就是目光锐利的鹰隼。貌不惊人的张业爱自发反扒10载，先后抓贼300余名，被称为“泉城女侠”、“扒手克星”。

路见不平，发誓抓贼

说起张业爱抓贼，还得从1996年冬日的一个正午说起。下岗女工张业爱出门买菜，途中，见路人围成一团。她好奇地挤入人群，只见一个农妇满身泥泞地坐在地上痛哭，脸被冻得通红。张业爱心有不忍，扶起农妇问缘由。农妇说她的独生儿子今年职专毕业，下午要参加一个公司的面试，她想到商场给儿子买身像样的衣服。没想刚走到半路，包就被偷了。丢钱固然令她心疼，更让人着急的是，儿子的毕业证书、学位证书也全在她的包里。没有了学历文凭，耽误了儿子的前程，简直是要她的命啊！听罢，张业爱气愤不已。她一边带着农妇到派出所报案，一边暗下决心：可恶的贼，我就不信没人来治你们。

于是，张业爱也不再到处找工作了，有人介绍她再就业，她就找借口拒绝。每天就在菜场、超市等小偷聚集地巡视、观察。功夫不负有心人，没多久，她就“渐入佳境”，能从人群中看出谁可能是小偷，并且真的抓住了一个小偷。当小偷跪地求饶、失主感激涕零之时，一种成就感油然而生。

自此，张业爱迷上了抓小偷。

装聋作哑，独闯贼窝

转眼已是1998年夏天。一个星期天的早晨，张业爱的儿子马超见妈妈去“买菜”，就缠着要跟妈妈一起去。其实，张业爱说买菜是假，去抓贼是真，当然不想带儿子去。儿子见妈妈拒绝，灵机一动，说：“妈，我知道你要去抓贼，我不怕，我要做你的鸡毛信，有危险时我还可以给你报信呢。”张业爱一愣，感动地看着只有12岁的儿子，终于点了点头。她为儿子准备好乔装用的衣服、帽子、口罩、眼镜等物，带着儿子一起去了菜场。

星期天的菜场人头攒动，分外热闹。根据群众的反映，这段时间菜场经常出现一些可疑的聋哑人，再联系到许多顾客最近被偷的现象，张业爱就重点观察聋哑人。绕着菜场溜达了几圈，张业爱发现两个聋哑人行为诡异，目光总锁定在买菜人的口袋、手袋。不一会儿，两人想窃取一位中年妇女的布兜时被发现，匆匆地躲进人群；过了一会儿，他们又想对一位老人下手，也被发现，于是迅速闪进一条小巷子。虽然两个小偷始终没能得手，他们的行为却被张业爱看了个一清二楚。

俗话说，抓贼抓赃。在小偷没有得手时，张业爱也不能出手，否则会让小偷反咬一口。

张业爱搓搓手掌：可恶的小贼，看你们往哪儿跑！

两个可疑的聋哑人一直在黄河道附近几个菜场转悠，几次作案都没成功。张业爱和儿子从中午跟踪他们到下午三点多，两个小偷突然没了踪迹，张业爱心急如焚。如今已追踪小偷跑了大概80公里路了，绝对不能半途而废！她判断，这两人并没有发现被跟踪，之所以突然失踪，肯定是他们就住在附近。他们是回住处了，而不是刻意藏起来。于是她抖擞精神，拖着疲惫不堪的儿子，四处询问附近是否有聋哑人居住……

有人问：“你找聋哑人干什么？”

张业爱说：“我的大儿子走失了，有人说他跟着一伙聋哑人，所以我就专找聋哑人。”

这人说：“那边有处房子，住着一伙聋哑人。可是，依我看，这伙人不太地道。”

张业爱心中窃喜：我找的，就是不大地道的聋哑人！

张业爱抓贼几年，已经比较老到，她吩咐儿子藏在草垛中，嘱咐说：“我扮成聋哑人进去打探，要是很久不回来，你就去找家农户打110报警，千万不要与陌生人说话。如果有情况，你也装作聋哑人。”

儿子懂事地点点头。

张业爱捋捋思绪，整好衣装，将包裹塞给草垛中的儿子，走向贼窝。

“咚、咚、咚……”

门开了一条小缝，一个面目狰狞的中年男子警惕地打量着她。张业爱连说带比划：“我儿子前几天走丢，有人看见他跟着一伙聋哑人，听说这儿住着几个聋哑孩子，请问我能否进去看看？”不等男子允许，她已挤了进去，借口找孩子，把院落和几个房间串了一遍。此院有东屋、南屋。南屋正厅一角整齐摆放着十几个饭碗，一行牙刷牙缸。东屋大概是聋哑人的卧室，被褥叠得四方四角，鞋子也摆放有序。张业爱暗地寻思：这个会说话的中年男子看起来是贼头，从这儿的总体状况看，肯定是有规模、有组织的盗窃犯罪团伙。

此刻，那男子似有所察觉，挽留她说：“既然没找到你儿子，天色也晚了，吃顿便饭再走吧！”那男子使了个眼色，几个聋哑孩子分别把守住了各个门口。张业爱打了个冷战：贼头请她吃饭，那可是要她的命。不行，儿子还在外面，自己得赶紧脱身。

那男子也不是等闲之辈，一气儿与张业爱纠缠了两个多小时，就是不让她走。张业爱突然心生一计，比划道：“我是带小儿子来找大儿子的，现在小儿子就藏在门外的草垛中，你要是不信，出门跟我看看就是了。”

那贼头愣了一下，闪开半个身子，让张业爱出门，同时带领5个聋哑孩子紧跟在张业爱身后。

来到草垛前，张业爱把儿子拽出来，拍打着儿子身上的杂草。

儿子见到妈妈与几个面容不善的人一起出来，机灵地打着手语：“妈妈，几点了，我都饿了，快带我回家吃饭睡觉吧……”

那贼头见状，很不耐烦地把张业爱母子轰出了村子。

张业爱把贼窝的具体位置记牢了，带着儿子去派出所报案。第二天，在张业爱的协助下，警方一举端掉了这个由13个人组成的流窜盗窃团伙的老窝。

门前报捷，“后院”失火

经审讯核查，这个团伙流窜数省，频繁作案，只因是聋哑人而多次逃脱。张业爱功劳巨大，警方特地向她发了奖状。

但这奖状被张业爱悄悄藏了起来。

原来，张业爱抓贼数年，名声渐起，但在家中，还是“地下工作者”。因为担心女儿的安全，老父亲一直对她抓贼有看法；出于同样的原因，她的丈夫老马也反对她抓贼。老马说：“咱们两口子都下岗了，家里又不是钱多得花不了，这么多可以挣钱的活你不干，偏去抓贼，万一有个三长两短，就算你不在乎，我不在乎，孩子怎么办？咱这个家怎么办？”

张业爱知道丈夫是关心自己、心疼自己、关心这个家。可想想被偷的人的眼泪，想想小偷的可恶，张业爱又割舍不掉自己的“事业”，只好处于半地下状态。为了阻止妻子抓贼，老马想了不少办法，他拔掉自行车的气门芯，让张业爱没有代步工具，张业爱便自己买来新的装上，骑着自行车继续去抓贼；老马把自行车轮子卸下来，扛着去上班，张业爱就步行出门，照样抓贼；老马把妻子锁在家中，张业爱便卸下窗玻璃抽掉防盗铁棍钻出来，还去抓贼。丈夫到底是阻止不了张业爱抓贼，只好睁一只眼闭一只眼。

这一次，老马见妻子与儿子这么晚才回家，而且母子俩都疲惫不堪，特别是儿子，头发上有草屑，还掉了一只鞋，便心生怀疑。他用两块糖哄儿子说出了实情。听说妻子居然带着儿子闯贼窝，冒这么大的险，老马的火一下子上来了。好家伙，越来越不靠谱了，自己冒险还不算，还要再搭上儿子，这日子没法过了！他找出结婚证，“哧哧”两下，两个结婚证都撕毁了，他把撕毁了的结婚证往张业爱面前一扔，要与张业爱离婚！

张业爱心知肚明，丈夫疼孩子，爱这个家，对自己也是情深似海，撕结婚证、要离婚不过一时气急了，不会是真的。想想自己带着儿子跟踪小偷是有些危险，也难怪丈夫发火。于是，周一到周五，张业爱提都不提离婚的事，到了周六一大早，张业爱便拉着丈夫去民政局办离婚。到了一问，人家不上班，只好回来——张业爱早打听清楚了。

离婚的事，僵持了半年，最后不了了之。

四封遗书，无限真情

张业爱抓贼10年，共擒贼300多人，光体形高大的小偷就有30多个，向警方提供重要线索180多条，协助警方侦破重大案件50多起。

张业爱身短体瘦，如何能擒住一个个心狠手辣的彪形大汉、亡命之徒？原来，张业爱小的时候练过武术。再说，毕竟邪不压正，歹徒有时挥舞凶器，看上去气势汹汹，其实虚弱得很。每当把一个个一米八以上的汉子踢倒在地，张业爱都会觉得豪气万丈。

张业爱也有吃亏的时候。有一次一个小偷在盗窃一辆电动车，被张业爱抓了个正着。忽然，小偷从包里抽出卷报纸，报纸里还藏有一把利刃。张业爱稍一疏忽，小偷抽出刀就向张业爱挥来，出于防御本能，张业爱用左臂一挡，结果被划出一条深深的沟，鲜血直流，治了一个多月，留下了一条长长的刀疤。

有的贼出狱后感激张业爱："我因一念之差做了贼，感谢您抓了我，给我重新做人的机会，以后我再也不会做伤害别人的事了。"但更多的贼被抓后怀恨在心，放出狠话，威胁张业爱及其家人，特别是威胁她的儿子。

面对种种威胁，张业爱坦然得很，早在1998年，张业爱便写下了四封遗书，分别写给父亲、丈夫、儿子和社会。

父亲：女儿不孝，但是父亲会为女儿的所作所为感到自豪。

丈夫：我死后不要悲伤，找个贤惠的妻子照顾你和儿子，把儿子培养成国家的栋梁。

儿子：努力学习，报效社会。

社会：无偿捐献身体的有用器官，最后为社会献出微薄的一点力量。

母子并肩，丈夫理解

张业爱的儿子马超，经常缠着母亲教他抓贼，教他习武。如今马超也已略懂武艺，抓贼技巧也大有长进，已擒贼几十名，协助警方破获多起重大案件，成为张业爱的好帮手。

现在，丈夫老马深切体会到抓贼的艰险，也明白了妻子和儿子从事的是正义之举。为了支持妻儿，他主动承担起家务，饭桌上，一家三口讨论抓贼已成为家常便饭。

记者前去采访张业爱时，她正准备同儿子一起出去“溜达溜达”。问她最大的愿望是什么，她说：“抓贼抓到天下无贼！”

感悟与思考

虽说“巾帼不让须眉”，但当我们听到这些让人胆战心惊的经历，仍然很难把路见不平拔刀相助的“女英雄”与只有1.5米高、40多公斤重的张业爱联系在一起。为了抓贼，孩子和家人的安全受到威胁；为了抓贼，老公要和不管家务的她离婚；为了抓贼，放弃了许多工作机会。作为一名女性，她为抓贼事业付出了很多，承受的来自家庭和社会的压力更大。

“事不关己，高高挂起”是很多人遇到偷盗事件的最普遍的态度。市民的淡漠助长了盗贼的嚣张气焰，他们的行为越来越猖狂，以至于盗窃成了难以根治的社会问题。张业爱用她瘦小的身躯为我们树起了伸张正义、捍卫正气的一面旗帜。她用自己的正义勇敢和社会良知感染着她身边的每一个人，她的儿子终于和她站到一起并肩作战，她的家人理解了她的铮铮铁骨，社会也终于给了她公正的评价和褒奖。

我们并不奢求每一个人遇到小偷都能挺身而出，都能像张业爱一样与盗贼斗智斗勇，但是起码我们应该秉持正义，把维护社会安全和社会道德作为自己的责任，这样就会营造出“小偷过街，人人喊打”的氛围，路不拾遗、河晏风清的理想社会也就不再只是理想了。

情暖人间 爱心大接力

这是一个破碎的家庭。儿子在六七岁时被狠心的父亲送到东北去当人质，母亲因杀死了丈夫而服刑，两个女儿跟着年迈的奶奶艰难生活。为了三个孩子，黑龙江省女子监狱、山东省女子监狱、滕州市东郭镇派出所，以及东北汉子陈占胜等众多的好心人，付出了常人难以付出的爱，演绎了一场爱心大接力。

小姐妹北上探母

故事要从1997年9月25日下午5点30分说起。

两个骨瘦如柴的小姑娘怯生生地推开黑龙江省女子监狱接见室的铁门，值班吴警官见状，便询问："你们有什么事？"大点的小姑娘轻声说："我们要看妈妈。"

经过详细询问，吴警官才知道她们要找的妈妈就是因杀夫被判处死缓、入狱刚六个月的犯人黄学英。因为已过了探监时间，魏副监狱长亲自接待了两个小姑娘。

原来，这对小姐妹名叫蒋亚君和蒋秀华，家住山东省滕州市东郭镇杨庄村。1988年6月，蒋德成带着妻子黄学英和只有1岁的蒋亚君来到东北帮人销售苹果，而后又在东北生下了儿子林林、小女儿秀华。因为生意不顺，几年下来，蒋德成欠了苹果商6000元钱。蒋德成一狠心，竟将儿子押在债主那里，把两个女儿送回滕州老家交给年迈的母亲照料，又返回东北挣钱。

然而，蒋德成返回东北后生意仍然不顺，因为还不了债，儿子林林被债主卖掉，下落不明。生意一再失败的蒋德成开始酗酒赌博。起初，妻子黄学英一味忍让。谁知蒋德成酒瘾越来越大，性格也变得暴躁、乖戾，经常将黄学英打得遍体鳞伤。1996年11月20日，蒋德成醉酒后又变本加厉地向黄学英施暴。就在他举刀向黄学英砍来的时候，万念俱灰的黄学英夺下丈夫手中的菜刀，一气之下将暴虐的丈夫活活砍死……

得到消息后，亚君和妹妹秀华十分震惊、悲痛，但她们并没有因为妈妈杀死了爸爸而怨恨妈妈。在她们的印象中，妈妈一向是温和的，反而爸爸总是凶凶的。多少个夜晚，妹妹秀华在梦中醒来哭喊着，要姐姐亚君带她去找妈妈……每到这个时候，亚君都像一个大人似的，把妹妹揽在怀里，答应她一定领她去遥远的哈尔滨找她们魂牵梦萦的妈妈……

去哈尔滨监狱探望母亲谈何容易！1997年的暑假，年仅12岁的亚君冒着酷暑到处去捡废塑料，好不容易赚到近200元钱。亚君用这笔钱做路费，带着8岁的妹妹，从1997年9月24日开始了千里寻母的历程。可是，来到滕州火车站，她们不知道该朝哪个方向走，坐哪次列车，不禁愁得哭了起来……

幸好遇到一位从哈尔滨来滕州出差的警察叔叔，他得知这一对小姐妹是千里迢迢去哈尔滨的监狱探望妈妈的，很受感动，便用自己的钱帮她们买了火车票。这位叔叔亲自把亚君和秀华送上北去的火车，嘱咐列车员在路上要好好照顾她们，又打电话拜托哈尔滨的朋友去火车站接她们。列车第二天下午到达哈尔滨站后，那位警察叔叔的朋友开着汽车一直将她们送到哈尔滨东郊的黑龙江省女子监狱……

听完小亚君的讲述，看着两个与自己孩子年龄差不多的孩子，魏副监狱长落泪了。

9月下旬的哈尔滨已是秋风瑟瑟，看见还穿着单薄衣裤的小姐妹冻得直打寒战，魏副监狱长让工人加班加点连夜给小姐妹俩赶制出了两套棉装。吃过晚饭，警官吴阿姨安排她们在警官澡堂洗了澡，并破例让两姐妹在非接见时间与母亲相见。

离开妈妈快三年了，一看到母亲，姐妹俩大喊着“妈妈”，扑上前去哭了起来，母女三人的思念都化作泪水……

第二天，警官吴阿姨带她们到哈尔滨市区剪了发，梳洗得整整齐齐。警官吴阿姨、陶阿姨、张阿姨、侯阿姨成了照料小姐妹的临时“妈妈”。

监狱方面还破例让警官阿姨领着小姐妹，来到妈妈所在的监舍里，使她们能和妈妈像在家里一样温馨相聚。自入监以来，黄学英对生活已失去了信心，感觉自己活着走出监狱的希望渺茫，有几次流露出寻死的念头……如今，她见到了日夜牵挂的女儿们，脸上又露出了灿烂的笑容。她决心好好改造，提前出狱，早日尽到自己做母亲的责任……

从黑龙江到山东，点燃爱心火炬

发现黄学英精神上的巨大改变，魏副监狱长陷入了沉思：孩子对母亲来说简直太重要了，黄学英是个刑期很长的死缓犯，如果让孩子每年往返数次，由山东远来黑龙江省探监看望母亲，无论是精力还是经济方面都是难以承受的，怎么办？苦苦琢磨了几天，魏副监狱长终于有了一个大胆的设想：如果通过黑龙江省监狱管理局和山东省监狱管理局协商，将黄学英转到山东省女子监狱去服刑，这样不就省却了孩子探监的旅途劳顿之苦，也更有利于黄学英的改造吗？

为了方便与子女会见，将一个正在服刑的重刑犯由一个省的监狱转入另一个省的监狱，这样的例子在黑龙江省监狱管理局还属首例，但有关领导经过讨论研究之后，还是批准了。黑龙江省女子监狱迅速与山东省女子监狱联系，并很快办妥了黄学英的跨省转监手续。母女三人含泪与警官们依依惜别……

接过爱心火炬，为小姐妹创造一个幸福的家

第二天下午，山东省女子监狱副监狱长李淑英带领警官们到济南火车站接黄学英，她对随行的干警说：“黑龙江同行点燃的爱心火炬，

我们要接过来，负责到底！”

监狱党委为此专门召开党委会，研究如何安置这两个孩子，决定让这两姐妹回她们的老家，依靠当地政府进行妥善安排。

党委会结束后，监狱方面专门找了两个有经验的女警察带着孩子，一边与东郭镇政府联系，一边发动监狱狱警为两个孩子捐款。当时山东省女子监狱刚成立不久，干警只有50人，干警们收入也不多，一共捐了千余元钱，监狱方又筹备了几袋子米、面，派了干警和专车，护送两个孩子回到了老家的镇政府。

滕州市东郭镇镇政府的同志获悉这感人的爱心接力行动后，马上派人到亚君、秀华两姐妹的家中看望，并送去了一些生活用品。两姐妹家所在地的东郭镇派出所得知情况后，所长李光宇、指导员陈庆长当即决定将这对姐妹作为本所的长期救助对象，把抚养她们的责任担起来。所里的干警们纷纷献出爱心，一次就捐款1000多元。从此以后，两姐妹的生活就由东郭镇派出所负责了，两人有了十几个身着警装的“爸爸”“妈妈”。

1998年，党同石接替李光宇任东郭镇派出所所长。在工作交接时，李所长重点介绍了派出所对蒋亚君小姐妹帮扶的事情，党所长听了十分感动，保证要把这爱心棒好好地传递下去！

就在党所长准备前去探望亚君小姐妹时，一件意想不到的事情发生了。腊月的一天，杨庄村的一个无赖放火烧了村里的几十个柴草垛和十几间房屋，亚君姐妹俩栖身的两间茅草屋也被大火烧了个精光。党同石所长一见到这两个惶恐不安的孩子，忍不住把她们紧紧地揽到了怀里，他安慰道：“孩子，有民警叔叔帮助你们，什么也不要怕……”

第二天，党同石放下手头的工作，全力解决姐妹俩的问题。仅

用了一天的时间，就把姐妹俩住宿、生活、上学的事情全部安排妥了。小姐妹俩搬到了与派出所一桥之隔的镇幸福院专门腾出的一间房子中，住宿费用由派出所按月供给，党同石所长还掏出自己的钱为她们置办全了铺盖等生活必需品，同时把她们的老奶奶安排到一个亲戚家暂住。党所长经常去看望姐妹俩，买衣服、添被子，带她们到派出所吃饭，检查她们的作业和学习情况，参加学校的家长会。孩子病了，他带她们去看病；小姐妹过生日，把她们接回家，给她们做好吃的，买蛋糕。自从父母出事以后，小姐妹就没再过生日，激动得哭了。生活安定了，小姐妹俩对妈妈的思念更强烈了。每逢春节、中秋节、儿童节，党所长就陪她们去400里以外的山东省女子监狱去和妈妈见面。

党所长对她们生活上无微不至的关心，使孩子们感受到了久违的家庭温暖，她们喊党所长叔叔，心底却把他当成了自己的父亲。

有一年期中考试过后，小姐妹俩一反常态，没去看望她们的党叔叔，党所长也忙得顾不上看她们，正惦记着呢，却收到了亚君写来的一封信。派出所离幸福院和学校不过200米，小家伙不来看我，却写来信，搞什么名堂？

原来，亚君这次考试成绩不是太理想，她觉得对不起党叔叔和其他民警。信中写道：

“这么多好心的叔叔帮助我，我却没有考出好成绩，让他们都失望了。现在我觉得从派出所的大门走到您办公室的这段路很长很长，我不敢面对派出所叔叔们失望的眼神。请您原谅我不去派出所。

“党叔叔，说句实在话，从我记事起到失去父亲为止，还从没感觉到什么叫父爱。但自从进了幸福院，成了您的帮包对象那天起，我们找到了父爱，但一直装在心里不敢说出来。党叔叔，您知道吗？多少次，我想喊您一声爸爸！还有，上次您的家长签名，我拿着它在同学面前骄傲地晃来晃去，党叔叔，您知道吗？我和妹妹真的很需要您这样的爸爸，即使您不愿意，我们在心中也早已默认了，等将来我们成才以后，一定让您享福。”

读到这里，七尺汉子党同石也禁不住热泪盈眶。

千里寻亲，
帮助姐妹俩寻找失散多年的弟弟

在众多好心人的呵护下，亚君、秀华这一对姐妹花幸福地成长着。除了想念狱中的妈妈，亚君还非常想念不知流落何处的弟弟林林，弟弟小时候的模样常常出现在她的梦里，醒来时泪水把枕头都浸湿了……小亚君凭着模糊的记忆，写信给她在辽宁生活时熟识的大人，打听弟弟的下落。

2002年春节前，蒋亚君收到了一封来自辽宁的信件，是一位名叫焦成军的人写来的，信里说林林流落到了辽宁盖州农

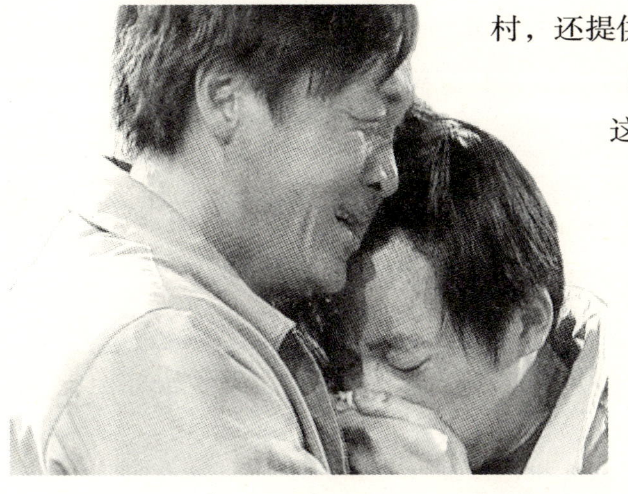

村，还提供了一些线索。

山东省女子监狱的警官们得知这一信息后，马上向省监狱管理局汇报这一情况。省局张国兴副局长当即表示要千方百计把林林找回来。山东电视台也决定派出记者，对寻找过程进行全程拍摄报道。寻找团还包括林林的姐姐亚君、妹妹秀华。

2002年1月中旬，山东省女子监狱的狱政科长黄健和马桂英监区长，带着蒋亚君从烟台港上船，横渡渤海湾，北上辽宁。夜深了，蒋亚君毫无睡意，她站在甲板上，望着夜幕中波涛汹涌的大海，8年前发生的事情又一幕一幕涌上了她的心头：当时她9岁，弟弟7岁，负债的父亲要将弟弟一个人扔在苹果园里。她不明白，父亲为什么单单把弟弟留在那里？弟弟和她预感到了什么，抱头大哭了一场……

黄健、马桂英带着蒋亚君，在辽宁盖州市徐屯镇徐屯村找到了写信人焦成军。焦成军告诉他们，蒋林林在债主刘家遭受了非人的虐待，债主经常打骂他，让他挑苹果，装箱，有时还逼着他扛着几十斤重的苹果箱装汽车。当时，焦成军正去刘家拉苹果，不堪虐待的林林便乘他的车逃离了刘家，只能靠乞讨、给人放猪放羊生活，没有上过一天学，到处流浪……亚君听到弟弟的悲惨遭遇，忍不住失声痛哭。

在焦成军的帮助下，黄科长一行一个线索一个线索地查找，终于在盖州韩家沟石匠陈占胜家找到了林林。原来，林林流浪了两年后，被好心的陈占胜收养，结束了漂泊不定的生活。

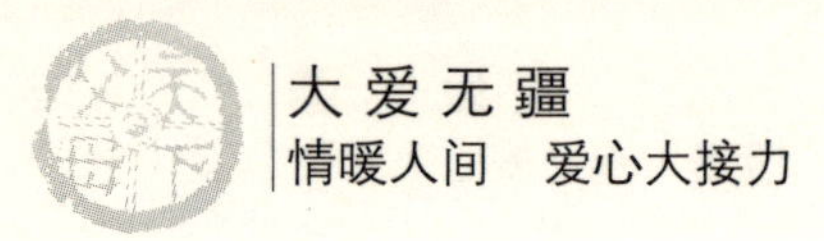

当蒋亚君出现在林林面前时，已是16岁小伙子的蒋林林一眼就认出姐姐，他亲热地喊道："姐姐呀！没想到我这辈子还能见到你们。"

蒋林林告诉姐姐，如果当时陈家不收留他，后果不堪设想。那天下着大雪，他一个人在风雪中走了一天一夜，在精疲力尽时来到韩家沟的村口。当时他饥寒交迫，挣扎着敲开一户人家的大门。主人看到一个小孩，很意外，问："你是谁家的，怎么跑到这儿来了？"林林说我无路可走了，没有人管我。那家人特别好，本来已经准备睡觉了，立马又生火给他做饭，安排他休息。这好心人就是收留了他的陈占胜。

由于林林错过了上学的年龄，陈家就让他们上六年级的儿子教林林识字。林林在陈家呆了一年零两个月，陈家父母不光管他吃住，还经常教给他做人的道理。

林林也想回家，但是被送到东北的时候太小，只知道自己的家在滕县，别的却不知道，都忘了。有一阵他特别想家，就在地图上乱看，用他认识的有限的字，找地名。找着找着，突然发现一个叫长春的地方。林林特别怕过冬天，东北的冬天实在太冷太漫长了。整个冬季人都憋在屋里，什么都干不了，也没有什么好吃的。长春不就全是春天的意思吗？这里就应当是没有冬天了。他就跟陈占胜要了100块钱，坐上火车到了长春。下火车一看，天哪，冰天雪地，寒风刺骨。他傻眼了，就想继续走。钱还没有花完，他就去买票，说买张到滕县的票。人家说，没有滕县。他问，没有滕县有什么？人家说有滕州。他想了想，家乡好像也叫滕州，就买了张票，等火车。火车快到站的时候，他突然一个激灵：到滕州我找谁呀？家里一个人也没有了。于是他又退了票，换了一张火车票，回到了陈占胜家。

陈占胜得知亚君是来接林林回家的，非常欣慰："这回我就放心了，只要林林在我这里没觉得受罪，我就满足了。"

山东电视台记者王建平是这次救助公益活动的亲历者之一。他说，当初跟着干警拍摄寻找过程时，曾经很担心，毕竟是一个男孩，在东北漂了十年之久，会不会变坏？会不会懒、偷、抢？会不会发生意外？终于，在当地政府、干警、媒体和好心人的帮助下，林林在养父母的带领下，与山东来的寻找团见面了。第二天，当汽车开动后，林林却突然提出要回养父母家看一看。干警们说，刚才咱们不是已经与你的养父母告别了吗？林林说，他想再看一眼那个家。干警们满足了林林的心愿。养父母的家很远，车要翻山越岭开几个小时。快到家时，林林下车去给养父母买了些水果。回到养父母家，他深情地到处看，临行前跪下，给养父母磕头。

返回山东的途中，第一夜住在大连，王建平与林林一个房间。林林身上很脏，王建平给他放好一池子水，让他洗澡，还给他预备好了换洗的新衣服。两小时以后，王建平与同事谈事回来，发现池子里还是满满的一池清水。他奇怪地问："林林，你怎么不洗澡呀？"林林说："伯伯，我洗好了，池子我也刷干净了，我这是给你放的水，你洗吧。"

夜深了，王建平要关灯睡觉时，发现林林睁大眼睛躺在床上。他问："林林，你怎么还不睡呀？天不早了，明天我们还要赶路呢！"

林林说："伯伯，我不敢睡，我不敢睡。"

"你为什么不敢睡？"

"我怕这是个梦。我怕睡了以后第二天醒来是一个梦。"

王建平说，林林的回答令他终生难忘。

感悟与思考

我们的社会是一个大家庭，每个人都是其中的一员。每个人的生活都不会是一帆风顺的，一方有难、八方支援一向是我们民族的优良传统。为了减少小姐妹与狱中母亲见面的困难，黑龙江省监狱管理局与山东省女子监狱排除困难，谱写了千里传递爱的传奇；当地的公安干警妥善安置了姐妹俩的生活和学习；为了能使她们全家团聚，山东省女子监狱的工作人员北上千里为她们寻找被父亲抵债的弟弟，最终使他们姐弟团圆。

在人际关系日益淡漠的今天，这个故事使我们还有理由相信人间仍有真情在，人间还是好人多。人与人之间本来就应该互相帮助、互相扶持。每个人心中都有爱的种子，在适当的时候它一定会生根、发芽，开出绚烂的“爱”之花朵。只要人人都献出一点爱，我们的世界一定会变成充满温馨的大家庭。读了上面的故事，你的心中一定会有几许感动、几多反思，在以后的生活中，面对需要帮助的人，你是否能够积极地为他们提供援助呢？

三个父亲

在河北沧州，流传着一个曲折动人的故事。人们为这个故事和人物的命运感动、庆幸。

女儿病危，
隐瞒多年的秘密被公开

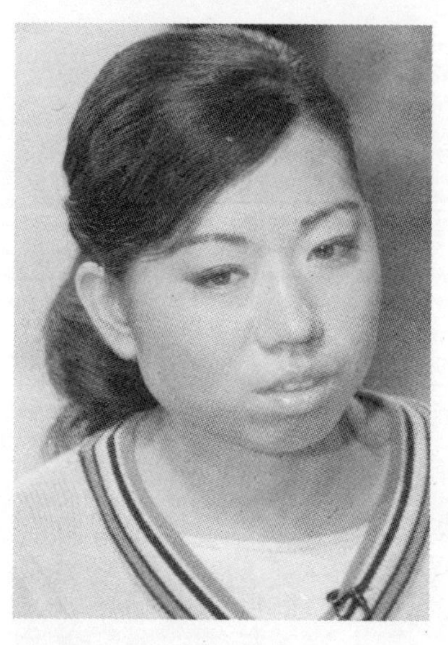

故事的主人公叫常军环，住在沧州市沧县刘家庙乡肖官屯村，是个23岁的普通姑娘，与父母、弟弟过着平静而幸福的生活。

然而从2005年春天开始，常军环身体常感不适，全身无力，甚至出现浮肿。父母带她到医院一查，竟然是尿毒症！这可是要命的病，很快，常军环就发展到靠定期透析维持生命的地步。父母亲心急如焚，可又束手无策。听医生说，这种病最好的治疗方法就是换肾，而且亲人之间最有可能配型成功。听到这话，父亲、母亲，还有弟弟都为她做了配型试验，可惜都不成功。

一家人陷入困境，眼巴巴地看着军环日复一日地痛苦着，消瘦着，走向生命的尽头。

这时，原村委会主任邵士忠（85页图）把常军环的父亲常振江（86页图）叫出来，悄悄向他提了一个建议，这个极有可能挽救女儿生命的方案，却让常振江陷入两难境地。

邵士忠的建议是：让军环的生父李福生做配型试试。

原来，常军环和弟弟都是跟着母亲再婚来的，母亲与孩子的生父李福生因为性格不合，已离婚多年，再嫁给常振江时，两个孩子都还小。这么多年来，常振江视俩孩子为己出，丝毫没有隔阂，全村人都善意地为他们家隐瞒着这个秘密，所以，两个孩子

都不知道自己的真正身世，跟他也一直非常亲。如果请军环的生父来做配型，这个保守了十几年的秘密就会被公开，俩孩子会怎么想？会不会与自己产生隔阂？

然而，对女儿的感情最终使常振江痛下决心，同意了邵士忠的建议。毕竟，抢救军环的生命是最重要的。接下来就是寻找李福生。离婚后，李福生就搬离了村子，这么多年来，杳无音信。邵士忠多方打听，有人说李福生拐了个大闺女跑了，也有人说他因为欠人家的钱而躲起来了，还有人说他因为做买卖与人发生争执，被人杀了。总之，说什么的都有，却都不能确定，更没有联系方式。好不容易找到一个电话号码，也打不通。

寻找一直没有结果。难道李福生从人间蒸发了吗？就在这时，村里李福生的一个亲戚突然回想起一个线索，说一年之前，李福生曾打过一个电话，当时他随手记下了，但不能确定是不是这一个。

抱着试一试的想法，邵士忠拨打了这个电话，居然通了，接电话的果然是李福生。由于长期没有联系，邵士忠也不知李福生如今怎么样了，就对他说，他的亲生女儿病危，临终前想见他一面，并没有提及换肾的事。电话那边，李福生沉默了好久。邵士忠说："不管怎么说，那是咱们的亲生闺女，不能叫孩子带着遗憾走。"最终，李福生答应两天后回家看女儿。

为了保证这次见面的成功，邵士忠不得不告诉军环，她的亲生父亲是李福生。看着女儿难以置信的表情，妈妈只好向女儿道出了实情。

两天后，在邵士忠的安排下，心情复杂的常军环见到了自己的生身父亲李福生。父女俩相对而立，互相看了对方足足有五分钟，谁也没有说话。过后军环说，面对亲生父亲，她觉得很陌生。在农村，家里有一对儿女的是特别幸福的家庭，而生父却把这个家抛弃了，她恨父亲。面对亲生女儿，李福生心里也不是滋味，流下了眼泪。

面对相见不相认的尴尬局面，邵士忠很着急，他生怕军环的冷淡气走了李福生，更怕军环拒绝接受生父，耽误换肾的事。经过一番开导，父女俩终于相认了。当邵士忠说明军环的病情和请李福生回来的本意后，李福生没有犹豫，同意为女儿换肾。

生父配型成功却因诈骗被捕

邵士忠带他到医院抽血，做了配型试验。然而，做完配型后两个人刚到医院门口，突然出现几个警察，邵士忠还没反应过来，李福生已经被那几个人塞进警车，拉走了。

原来，李福生涉嫌诈骗，公安局已找他多时。1999年，李福生做生意的时候，与一家公司签订了价值17万元的钢材购销协议，商定货到付款。可是，公司发货后，李福生和钢材都消失了。接到报案后，警方发现李福生已经潜逃。这次他在老家露面，被蹲守的便衣逮个正着。

就在李福生被抓的第三天，医院传来消息，李福生和军环的血液配型完全符合，可以实施换肾手术，而且，鉴于常家的特殊情况，医院决定免除手术的全部费用。可是，李福生的被捕却完全打乱了换肾的计划。

李福生犯罪被抓是罪有应得，可问题是事情恰好发生在要为军环实施换肾手术的时候。军环生命垂危，拖一天就多一份危险。那么，这事该怎么办呢？

义父四处奔走，换肾手术终于顺利实施

邵士忠找明白人打听，得知在宣判入狱之前，李福生绝对不可能给军环捐肾；宣判入狱后，经过监狱方的同意，还是有可能的。

邵士忠又开始了新一轮的努力：走访公安局、检察院、法院。对于一个农村基层干部来说，这些部门都陌生得很，更何况他提出的要求在共和国司法史上还是史无前例的。邵士忠多次碰壁并不感到意外，但也有许多人被他所讲的理由打动，给他出主意，帮他想办法。有人让他去找市政法委书记。

而与此同时，阻力和压力也越来越大。

为常军环的事，邵士忠已经跑了很长一段时间了。而且现在他已经不是村干部，有人说他做这种“分外事”，“纯属瞎操心”。特别是他的家人，意见更大，自家地里的活顾不上，又把自己累得又黑又瘦，家人心疼不已。既然是根本做不到的事，为什么一定要做呢？咱们又不是不尽心不尽力，对得起自己的良心就行了。

邵士忠不这么想。常家与邵家关系一直很不错，常军环是他从小看着长起来的，他不能眼看着她就这么被耽误了。只要有一

线希望他就不放弃，只要军环还活着，他就不能放弃。

几经周折，邵士忠找到了沧州市新华区政法委书记严亚民，并向他讲述了军环的不幸遭遇。他的真诚打动了这位领导，答应尽力为他协调。于是，中国司法史上第一例为救治他人而对嫌疑犯特事特办的案例就在河北沧州市发生了。公、检、法对李福生一案采取快审、快判的程序。救女心切的李福生也积极配合，如实交待自己的罪行。然后，在相关部门的特许下，在严密的保安措施下，李福生与常军环实施了捐、换肾手术。

医院里，两组手术同时进行。一边是从李福生身上取肾，一边是为常军环换肾。令人欣慰的是，生父李福生的一个肾在女儿常军环的身体里存活了！常军环苍白的脸上，渐渐有了血色。

生父、养父、义父，三份无私的爱

出院回狱之前，在押犯李福生到病房看望了女儿。父女俩手拉着手，相对无言，热泪长流。

常军环出院后，康复得非常快。她特意到监狱看望了再次给她生命的生父。这是一次铁窗内外特殊的相见。女儿带给李福生的，绝不仅仅是儿女之情，而是重新做人的希望。军环鼓励生父好好改造，争取早日出狱。她说，她会好好孝敬生父。

至于养父，常军环和弟弟都表示，他们会一如既往，视养父如生父，为养父养老送终。

令常军环特别不能忘怀的还有一个人，她把他叫做义父，这就是邵士忠。她说："我能幸福地活在世上，是因为有三个父亲爱我，生父、养父、义父给了我三份无私的爱。"

感悟与思考

生命可以只是一个过程，爱却不会画地为牢。当常军环踏过由三个父亲的爱铺就的路时，生命已然跨越冬季，走入了生机勃勃的春天。生活中，可能会有怨怒；情感与流俗的纠葛中，可能会有私心与顾忌。但面对亲人如花的生命，爱，会摧毁一切坚硬的堡垒，让可爱而勇敢的人携手创造生命的奇迹。

爱，让干涸的世界缀满新绿。拥挤的人流中，生命面临的灾难面前，那些及时伸出的爱的援手，如温暖神奇的画笔，让沉睡的生命苏醒，让世界充满温情。爱的互哺，让“人”这种生灵在灾难面前骄傲地挺起胸膛。

伸出你握紧爱的手吧，人间有爱，生命常青。

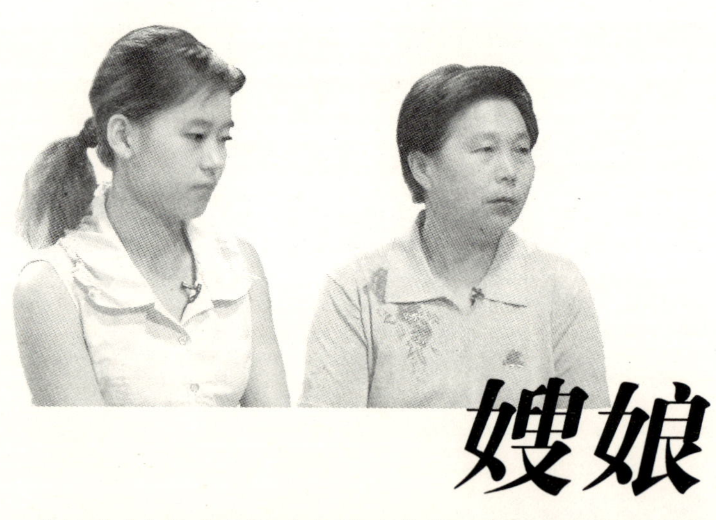

嫂娘

俗话说“老嫂比母”。在肥城流传着一位让千万人为之感动的“嫂娘”的真实故事。当年，丈夫患病去世时，她还年轻，完全可以开始新的生活。可是，为了年迈的婆婆，特别是为了照顾身患重病的小叔子，她毅然放弃了自己的幸福。对于她来说，留下来，是一个艰难的选择。

与小叔子的一场争执，改变了她的人生轨迹

李凤芹，山东肥城安站镇卫生院的一名普通职工。1998年丈夫吴兆祥因患食道癌，撒手人寰。那时的李凤芹年仅42岁。有一份稳定工作的她，完全可以重新组合一个家庭，开始新的生活。然而，与小叔子的一场争执，却改变了她的人生轨迹。

父亲去世之后，眼看着母亲生活得孤单寂寞，善解人意的女儿娟娟就给妈妈介绍了一个对象。李凤芹觉得挺中意的，就回家与小叔子吴兆玉商量。没想到话一出口，小叔子就急了："嫂子你走了我怎么办？"小叔子也没有别的话，也不讲其他理由，翻来覆去就是这一句，逼急了就说："你若是走了，俺这个家就塌了天了。"李凤芹很生气，与小叔子呛呛了几句，叔嫂俩不欢而散。但回到自己和女儿的住处，李凤芹冷静下来，觉得小叔子的话也不无道理，离了自己，这个家还真不行：老婆婆85岁了，拄着两根拐棍，行动不便，需要人照顾；小叔子患有严重的肾病综合征；小侄子才1岁多；弟媳有脑膜炎后遗症，行动迟缓，思维也不够敏捷。平时一家人全靠自己照顾，所以小叔子一听自己要走，马上就觉得受不了了。但是想到自己年纪轻轻的，完全应当开始新的生活，又不甘放弃。是走？是留？李凤芹思想斗争很激烈。但最终还是决定不改嫁了，帮小叔子把这个家撑起来。

对于妈妈的决定，娟娟非常失望。她觉得如果妈妈再找一个老伴，不但妈妈会很幸福，整个新家庭的生活也会幸福。她极力劝妈妈改变决定，可是妈妈说不能离开奶奶、叔叔、婶婶及小弟弟。女儿急了，与妈妈吵了一架，见说服不了妈妈，只能无可奈何地说："随你吧。反正我是为你好，为咱们俩好！"女儿哭了，妈妈也哭了。可是不管怎样，李凤芹还是觉得不能丢下这一家人。

本来可以逃避的责任，李凤芹义无反顾地承担起来。

亲人能活着，是最令她欣慰的

每天早晨天不亮李凤芹就去市场买下全家一天的菜。中午下了班，顾不得吃饭，先给小叔子熬药。晚上劳累了一天之后，还要为小叔子一家洗换下来的衣服。这还是在正常情况下。如果有突发事件，比如，兆玉的病情重了，李凤芹的负担就更重了。

如今，小叔子的肾病综合征越来越严重，连上厕所都得有人架着才能去。单是药费，每月至少要花四五百块钱。刚开始得病时花钱更多，去一次医院就得花好几千。为给小叔子看病，家里至今还欠着两万多的债。由于是在乡镇医院工作，李凤芹每月的工资不高，少则七八百，多则八九百，总之不到一千元。小叔子原来干赤脚医生和信贷员，但有病之后，因为行动不便，没法再继续干下去了。为了给家里增加一点儿收入，李凤芹就主动把信贷员的工作承担起来，下班后替小叔子跑存款，好歹能帮小叔子一家多挣点儿钱。跑存款这活其实挺累的。得挨家挨户地说好话，就算熟人的工作也不好做。小叔子的爱人没有工作。如今全家人的生活全靠李凤芹一个人的收入。钱实在不够花了，李凤芹就向单位预支，跟朋友亲戚借。女儿参加工作后，每次回家，都给妈妈留点钱，但李凤芹从来不要。她觉得将来女儿出嫁，自己肯定帮不了她，让女儿自己攒点儿钱。女儿心疼妈妈，总是偷偷地放下一二百元钱。

为了省钱，李凤芹恨不得把一分钱掰成两半花。原来小叔子在一家医院拿中药，一服药要79元，一次拿10服，不几天就吃完了。李凤芹想要过药方来自己配药，人家不给，她就找自己医院一个懂中医的同事跟着她和小叔子一起去拿药。小叔子根据同事的暗示，把抓的药一样一样地记了下来。李凤芹按这方子从她的医院拿药，一服才花40来元，省了将近一半！但李凤芹觉得还是贵。毕竟小叔子的药一天也离不了，是家中最大的开支，而自己那点工资怎么算也不够全家花的。于是她决定到菏泽去给小叔子批发药，一次背回一大袋子，这样算下来，加上路费，一服还不到20元钱！辛苦是辛苦，但一算能省下一大半的钱，李凤芹还是觉得值。

肾病综合征离尿毒症只有半步之遥，病人是很痛苦的。贫血，缺钙，腰痛，腿痛，行动困难，手也无力。发作厉害的时候，夹起菜哆嗦着硬是送不进自己嘴里。李凤芹看着都心疼地暗暗掉泪。

为了治病，李凤芹带着小叔子去过好几家医院。有一次看病回来，遇上下雨，路上滑得很，下车后小叔子说："嫂子，我走不动了。"李凤芹说："你走不动我背着你。"小叔子不让她背，他觉得让嫂子背着不好意思。李凤芹说："你怎么这么多事儿？老嫂比母，我背着你还咋了？你不是一直有病吗？没病还用我背你吗？"说着她蹲下身子，背起小叔子往家赶。小叔子有病，身体虚肿，分量可不轻，她一步一步走得非常艰难。

还有一次去医院时下大雪，路上积雪很厚，下车后也是李凤芹把小叔子背回家的。小叔子流着泪说："嫂子，要不是有你，我早不活了。"李凤芹说："兄弟，你不能这样说。有病咱慢慢治。没有钱也不用你操心，我是个护士，不管是弄药还是看病我都懂些。你要对自己有信心，对活着有信心。"

为了让小叔子的病尽快好起来，李凤芹运用自己的护理技能，给他拔罐、按摩，还用热水兑上药用毛巾给他擦身子，促进血液循环。对这一切，李凤芹从没有怨言，她对小叔子说："你和你哥都是咱娘身上掉下来的肉，你放心，嫂子不会舍下你们不管的。"李凤芹对小叔子的细心照顾，使医生们都感到惊讶。他们无法相信，吴兆玉这样的病情和家境，还能活到现在。

其实，吴兆玉自己多次有轻生的念头。有一次李凤芹给他擦洗、按摩、烫腰时，他对李凤芹说："嫂子，我不治了。活着这么难受，还不如死了利索。"李凤芹劝了他一阵，但心里还是放心不下。果然，她从弟媳那儿听说，小叔子不想吃药了，把好多应当按时吃的

药片攥在手里不吃。她当即严厉地对他说："你凭什么不想活了？你还有孩子，还有老人，你就忍心合上眼走了吗？你若是走了，我的负担不是更重吗？不管怎么说，只要你活着，上有老的，孩子也有爹有娘，多好呀！我辛苦就辛苦点，只要咱们团团结结的，吃得好一点差一点都不在乎。你不好好活着对得起谁？你哥死了这么多年，我辛辛苦苦地这么多年，你若是死了，我不是白给你操了这些年的心吗？"说着，她把小叔子手心里的药片抠出来，硬是让他吃下去。小叔子哭了，她也哭了，哭得很伤心。

李凤芹也有发愁和苦闷的时候，这时，她只能对女儿诉说："小娟，你小叔要是没有了，可怎么办呀？"这些年来受妈妈的影响，娟娟对小叔的感情也深了不少，对妈妈也多了几分理解和敬仰。娟娟说："万一小叔不在了，咱们就让小婶婶和弟弟和咱们一起生活。"

看着懂事的女儿，李凤芹欣慰地笑了。

人都是知恩的，吴兆玉说："我感到很惭愧，因为我的病、我的家庭耽误了嫂子一辈子的幸福。如果今生好不了，没有机会，来生当牛做马也要报答嫂子！"

弟媳则说："没有嫂子，我丈夫活不到现在。嫂子很辛苦，我啥时候也忘不了俺嫂子。"

兆玉的儿子现在五岁了，他对李凤芹的感情最深，左一个娘娘右一个娘娘地叫，一刻也离不了，李凤芹到哪儿他就跟到哪儿。原来，小侄子不到一岁，李凤芹就照顾他。现在兆玉的病比原来厉害了，晚上妻子得伺候他，他们的儿子就一直跟着李凤芹睡。

连老婆婆也转变了对李凤芹的看法，逢人就说摊上了个好儿媳妇。

兆祥刚去世时，婆婆对李凤芹极不信任，说："她还这么年轻，很快就找个对象走了，走了她还管咱这个家吗？"但李凤芹做的，与她想的恰恰相反，镇医院14号发工资，16号李凤芹就给婆婆送来了生活费和零花钱。她对婆婆说："娘，兆祥没有了，可我还是吴家的儿媳妇，我能舍下你们不管吗？"一次、两次，一年、两年，婆婆终于不再怀疑，她搂住凤芹哭着说："凤芹呀，我可没寻思你对我这个样。我原以为没有兆祥了，我就掉到地下了。"现在，婆婆逢人就夸儿媳妇："哎呀，她对我可好了。我看不见，吃肉她夹给我，吃鱼，把刺剔干净放到我碗里。我不吃，她就放到我手里。我离了她不行。她要三天不来，我心里就急得无着无落的。亲闺女也没有这么好的。"

对小叔子和婆婆付出得太多，对自己的女儿就顾不上了。娟娟结婚时，李凤芹陪送的嫁妆只有6000元钱。而且这钱不是她攒的，是订亲时对方给的。女儿的出嫁使她感到特别孤单，也觉得挺对不起女儿的。

更令李凤芹内疚的是，女儿前不久因宫外孕住院手术，她却因为小叔子要输液，顾不上照顾女儿。尽管婆婆和公公照顾得很周到，但娟娟还是希望妈妈多在身边留一会儿。妈是干护理的，照顾得会更科学，再说，自己还有很多的话要对妈妈说。可想到家中那么多的事儿，想到小叔的病，她还是忍着泪劝妈妈早回家。

有时候累极了，李凤芹也会觉得自己这一辈子很不容易。原来挺好的一个家庭，两口子都有稳定的收入，但自从丈夫得了病，家庭状况一步一步往下滑，自己也越来越累。可是她觉得不亏，在她的帮助下，亲人能活着，是最令她欣慰的。钱是身外之物，生不带来，死不带走，只要自己有钱，就一定尽力帮兆玉治病。只要看到兆玉活着，兆玉的小家还完整，她觉得钱花光了也值，自己再累也值。

感悟与思考

李凤芹是山东肥城安站镇卫生院的一名普通职工。1998年丈夫患病去世时，她还年轻，完全可以开始新的生活。可是想到家里行动不便的老婆婆和患有严重的肾病综合征的小叔子，她毅然放弃自己的幸福，决定留下来继续照顾这个家。

李凤芹为了小叔子的病不停操劳，把自己的工资都拿来给小叔子治病，还要抚慰患者脆弱的心灵。对小叔子和婆婆付出很多，却忽略了自己的女儿。她说，在她的帮助下，亲人能活着，是最令她欣慰的。钱是身外之物，生不带来，死不带走，只要自己有钱，就一定尽力给小叔子治病。

这是一个发生在我们身边的普通但令人感动的故事，“嫂娘”李凤芹其言其行，无不散发着爱的坚毅和宽容。

信守承诺，关爱亲友。当亲朋好友出现困难时，我们应该怎样尽己所能地帮助他们渡过难关呢？

生命之火 点燃希望

他是一位警察。因为被诊断出中晚期鼻咽癌，为照顾他的身体，领导让他负责校园警区工作，而闲不住的他却在这里找到了新的工作点，成为帮助众多家长与孩子沟通的最好桥梁。

年过半百的杨顺德是柳州铁路公安处治安大队主任科员。1998年底，他被确诊为中晚期鼻咽癌，为照顾他的身体，组织安排他到柳州治安大队校园警区工作。他敏锐地发现了青少年思想道德教育中存在的问题，于是，他顾不上虚弱的身体，克服化疗带来的痛苦，把全部精力都投入到青少年法制宣传和帮教转化工作中，先后担任过14所中小学法制副校长、少先队校外辅导员、德育班主任等职务。截止到2006年，杨顺德为广大师生上了250多场法制宣传课，受众达20多万人次。在他重点帮教的300多名学生中，帮教时间最长的达5年，转变率达到80%以上。在他的影响和带动下，广西柳州地区有270多名社会各界人士志愿加入到帮教青少年行列中，以他名字命名的“顺德热线”和“顺德帮教小组”成为联接全国除台、澳地区外各地青少年、家长的“知心热线”和“帮教”知名品牌。

经过长期的实践，杨顺德总结出青少年普遍存在的压抑、逆反、模仿、好奇、寻求刺激、虚荣、哥们儿义气、报复八种不良心态，形成了一套“望、问、切、推”的工作思路，摸索出“情感交流法”、“心理解除法”、“循序渐进法”等富有成效的帮教方法。

这是一个奇怪的现象：那些与父母格格不入甚至视若仇敌的孩子，与杨顺德似乎有着天然的情缘。他与这些孩子们总是能很愉快地交往、交谈，孩子们都愿意把心底的秘密告诉他。无论多顽皮、无赖的孩子，只要跟杨顺德在一起，都会感到很温馨。其实，杨顺德说，事情并不是那么顺利、简单，他所帮助的孩子，多数都有反复，都要有一个转变的过程。日前，他和三个经他帮教而转变的孩子一起接受了记者的采访。

小李：一条短信打破与父亲六年的坚冰

小李是自己主动打电话给杨顺德求助的。用他自己的话来说，那时的他，处于“失魂落魄、萎靡不振”的状态之中不能自拔。与父母，特别是与父亲的关系坏到了极点，已经六年没叫爸爸了。最初的原因还是因为网吧游戏。他沉溺于此之后，学习成绩一落千丈，无法继续上学，只好流落街头。而原本对他满怀希望的父亲，见他无论如何不肯回头，不禁大失所望，父子间矛盾冲突不断，终于发展到形同陌路。

这样的孩子是最难帮教的，但是杨顺德充满信心，因为是孩子自己打来的电话，说明孩子本身需要帮助。在电话中，小李对杨顺德的仰慕、信任和渴望结识的急切之情溢于言表。杨顺德平和、亲切的话语令小李感动不已，他当即提出要认杨顺德为父亲。杨顺德没有同意，他说：“这件事，要等你与你父亲改善了关系之后再说。”他与小李约定，每周通话一次，要像朋友一样相处，平等、互相理解、讲诚信。对小李，杨顺德可以直言相劝，而对于杨顺德说的话，小李也可以批评、反驳。如果小李感到很郁闷，可以向杨顺德倾诉，甚至发泄。

记者问小李，为什么会一下子与杨叔叔成为朋友？小李说：“杨叔叔说话的声音和蔼可亲，所以我信任他、喜欢他。既然是我喜欢的朋友，我肯定会重视他。”

话虽这么说，可冰冻三尺非一日之寒，要融化也不是一日之功。小李的网瘾戒掉后又复发，复学后又失学，经过一年的时间，才真正戒掉网瘾，回到学校。2006年6月16日是小李父亲的生日，小李想到杨叔叔的教导，既然是自己有错在先，那就要主动改善与爸爸的关系。课间，小李给父亲发了一条短信："老爸，今天是你48岁生日，儿子祝你生日快乐，身体健康，工作顺利。希望以后我们能像朋友一样。我长大了，不用再为我操心了，谢谢你18年来的养育之恩。"很快，小李就收到了爸爸的回信："谢谢你的祝福。爸爸永远爱你，爱我们的家。也希望你永远快乐和幸福。"

两条短信融化了父子之间的坚冰。我们可以想象父亲收到小李短信时的激动，也可以想象小李收到父亲回信时的喜悦。那天正好是星期五，是学校的回家日，放学后小李怀着急切的心情乘车回家。往常回家，父亲只是瞥他一眼，不吭声。这次却说了"你回来了"四个字。虽然只是很简单的一句话，但是小李心里已经感到很温暖。他忍住泪水，使劲点了点头。从此，父子俩和好如初。小李在外地读书，经常与父亲联系，父亲也经常给他打电话或者发短信。

谈到杨叔叔的教育方法，小李说，杨叔叔在帮助人的时候，并不直截了当地切入话题，而是先跟你谈兴趣、谈感想，然后对症下药。他先试着了解你，然后再帮助你。

萧萧：从打架王到安分守己的打工者

萧萧身体很结实，看上去像个运动员。可惜他此前不是运动员，而是当地出了名的打架大王。他性格直率，打架上瘾，朋友们来找他，只要隔门叫一声，他立马就出去，也不问原因不管对象，看谁不爽，上去就是一拳，经常把人打伤。

打架大王也是主动打电话求杨叔叔帮助自己的。他从电视上看到杨顺德的专题片，听到杨顺德的讲话，感到自己活得太糊涂，内心挺愧疚的。他希望杨叔叔能帮他变回从前的样子，变成一个听话的孩子。

杨顺德并没有因为萧萧此前的恶行而歧视他，而是觉得他能有这种回心转意的想法非常难得。萧萧讲义气，杨顺德就与他以哥们儿相称，以朋友相待。杨顺德跟萧萧说："朋友相处的原则最重要的就是讲诚信。既然咱们是朋友，那么，任何违法犯罪的事你都不能做，如果你做了，你就等于是危害了你的朋友，我这个当警察的就要脱掉警服。"

萧萧满口答应，可真正做起来并不那么容易。萧萧习惯了动用武力，他走在街上，时不时会跟别人有摩擦，一控制不住就会动手。杨顺德通过电话，定期与他交流，先了解他爱打架的原因，问他的志向爱好，寻找他性格的闪光点。原来，萧萧最初也是受害者，常被人欺负，后来他尝试着反抗，尝到了报复后的快乐。再后来就发展成组织人打群架，打败对手之后，觉得挽回了一些面子，很开心。交谈中，杨顺德发现萧萧很直率，对朋友非常讲信用。而萧萧在当地有一个不良朋友的圈子，影响他的自我改造。于是杨顺德鼓励他到外地打工。两年多了，萧萧一直没跟人打架。有一次他回老家，被宿敌打了一顿，可是他想到杨叔叔苦口婆心的教导，硬是忍着没还手。事后，在医院包扎的时候，他还给杨顺德打电话汇报自己的想法。杨顺德鼓励他说："你做得对，进步很大。你今天被打了，你能够把它承担下来，包容下来，确确实实不容易，是一个很大的进步，你这种转变是非常难得的，我坚决支持。你有什么委屈，尽管说出来，你需要我做什么，我会尽力地帮你。"

萧萧在电话中说："杨叔叔，如果没有你，我今天肯定会让那帮人全部趴地上。"

说到杨叔叔对他的帮助，萧萧说："杨叔叔是不惜一切代价，帮我走上正路。"

小吴：从离家出走到乒乓球运动员

小吴则是属于厌学一类的问题少年。他爸爸特别希望儿子能考上高中，看到读初三的儿子成绩差，就给他请了家教。这样一来，小吴白天上学，晚上还要补课，全天被押着去读书，苦不堪言。终于有一天，他偷偷溜了出来，没去补课，结果被老爸知道了，挨了一顿揍，小吴就离家出走了。在外面游荡了三四天，小吴遇到一个被杨顺德帮教过来了的"哥们儿"。他看到小吴重蹈他的覆辙，非常痛心，就热心地劝小吴与杨叔叔联系。小吴就找到了杨顺德。

杨顺德与小吴进行了细致的交谈，他发现造成小吴目前状况的原因是多方面的。父母跟孩子缺乏沟通，学习的环境和所交的朋友都有问题。小吴最要好的朋友，居然离家出走了半年！小吴非常喜欢打乒乓球，一直是校队的主力，而父亲却觉得打乒乓球影响学习，反对孩子练球，这也是造成父子关系紧张的原因之一。杨顺德觉得，小吴的本质是好的，喜欢打乒乓球也没有错，就与他的父亲进行沟通。做通工作后，杨顺德介绍小吴到石家庄一个俱乐部练乒乓球。现在小吴是乒乓球的高手，他的理想是进国家队，成为世界冠军，与父亲的关系也很融洽。

平等就是真的把对方当朋友，理解就是善于倾听

说到自己的工作理念，杨顺德说，最重要的就是平等、诚信、理解。他说，平等是指真的把对方当朋友看。所谓理解，就是善于倾听。对方的委屈、伤心、挫折，你要善于倾听，了解导致他走到这一步的各方面的原因。你不能打断他的话，不管他讲得是错还是对，你都要耐心地听下去。而且，要从中发现他的闪光点，这就是理解。其次是不要期望一次成功。一开始可以三天联系一次，如果有好转，逐步改变为一个星期联系一次，然后十天、半个月，可以在孩子不断的转变中拉长交流时间的间隔，但不能隔很长时间不联系，如果不联系，就很容易出现反复。当然，出现反复也是很正常的。如果盯得紧，回访得及时一些，帮教对象反复的次数就会少一点。

同时，杨顺德的帮教方式也不仅仅是谈话，还会辅以多种活动。杨顺德跟孩子交谈，都不会马上切入正题。首先要让孩子认可他，而要做到这一点，就要善于倾听。要善于从各方面了解孩子，比方说性格特点、爱好，他讨厌什么、喜欢什么、反感什么、崇拜什么。了解了这些，然后找到一个孩子感兴趣的话题进行交流。谈到高兴的时候，就什么都可以说了。当孩子敞开心扉之后，

你可以发现孩子的不足。这时不一定要马上给他指出来，可以在与孩子一起打球的时候，或是春游的时候告诉他，也可以在一起做饭做菜的时候告诉他。非正式场合的效果往往更好。比如有时杨顺德会到孩子们家里面，他通常要求父母不要在场，更不要做饭招待他，而是自己和孩子一起去市场买菜回来做，他给孩子打下手。在与孩子的亲密接触中，自然而然地消除了隔阂，孩子就把他当成可以信任的朋友。

对家长的几点忠告

孩子出问题，根本的原因在家长，因此，杨顺德对家长提出几点忠告。

第一，自己要为孩子做好榜样，言传身教。无论是学习、工作、与人交往，家长都是一面镜子。因为孩子是在父母身边长大的，父母怎么做人，怎么讲话，怎么面对矛盾、面对挫折、面对其他的问题，以及怎么对自己的父母亲，都会给孩子极大的影响。如果父母各方面都做得很好，那么不用说太多，孩子也会照着父母的样子去做。

第二，家长与孩子一定要平等相处。很多家长拉不下这个架子，说，儿子就是儿子，老子就是老子，妈妈就是妈妈，怎么能平等？父母要赚钱要养活这个家，骂儿子几句还不行吗？难道儿子还能打骂妈妈？杨顺德说，这个理解是错误的，是钻牛角尖。所谓的平等就是说父母要把孩子当做一个独立的人来看待，不能当成自己的私有财产。如果父母做错了，比如打了孩子或对孩子期望值太高，要求太严了，就要诚心诚意地给孩子道歉。

第三，要善于倾听。现在有很多家长没等孩子话讲完就打断。这是家长最大的失误。要让孩子把话讲完，仔细想想孩子说得有没有道理，然后再发表意见。

感悟与思考

我们很难想象，一个癌症患者竟会是一个“工作狂”。杨顺德虽身患绝症，仍承受着病痛的折磨，不断地奔波于各个学校，给师生们带去精彩生动的法制课，帮助一个个“问题”青少年走上正路，让一个个家庭重获温暖。杨顺德用自己的热情耐心地帮教全国各地的“问题学生”，他所做的工作，尽管平凡而普通，但是他的行为、他的事迹，足以让每一位身边的人为之感动。

平等、诚信、理解，是杨顺德的工作理念，也应该是父母与子女交流、相处的基本原则。“问题学生”的问题根源在哪里？作为父母应当怎样避免“问题家庭”的出现？这些都应当引起我们每个人的关注。

生死瞬间

当我们享受着宁静的幸福，与亲人一起享受着天伦之乐的时候，在你的身边，也许正潜藏着某种危险。幸而，绝大多数的犯罪案件被我们的保护神力挽狂澜于既倒，使我们在不知不觉间远离了死亡。排爆警察就是我们的生命保护神中，默默奉献的群体之一……

警车急速调转车头，拉响刺耳的警报，全速驰向××商场

2004年7月9日，有火炉之称的济南，天空被太阳映成眩目的青白色，地面热得发烫。过午时分，一天中最热的时候，一辆警车急驰在车流中。开车的是济南市公安局排爆中队队长张保国，副驾驶座上是他三岁的女儿。女儿脸色通红、呼吸急促，已处于半昏迷状态。此前，张保国接到幼儿园的电话：女儿突发高烧。女儿体质不好，只要发烧必须要输液，张保国心急如焚。由于妻子工作性质特殊，不可能请假，他立刻驱车赶到幼儿园拉上女儿，直奔医院。

突然，车载对讲机传出急促的声音："接到匿名举报，恐怖分子称在××商场放了炸弹，三点引爆……"一个急刹车，女儿被重重地颠了一下，睁开了眼。张保国看一眼时间，2：20。他一边调转车头，一边对着话筒喊："07，08，××商场有情况，我正赶往现场，你们立即带上机器，在商场南门与我汇合……"

警车发出刺耳的警笛声，全速冲向××商场。

一边紧张地开车，张保国脑海里一边闪动着各式各样炸弹的型号以及排拆方法，不知不觉间，他的手心里积满了汗水。

警车吱的一声，停在××商场南门处。

关上车门的时候，张保国的心咯噔一下。刚才光考虑炸弹，他忘记了女儿的病。但这只是千分之一秒的犹豫。他轻轻地闭严车门，快步跑进商场。

锁定目标，可疑物在存包柜内

犯罪分子威胁该商场在2：30之前，把50万元转入指定的账户，否则就引爆炸弹。

现在没有时间分析犯罪分子讹诈的目的，也无法确定是否真的放了炸弹，首要的问题是找到炸弹。

作为中队长，凡遇这种情况，张保国都是现场总指挥。战友们带着探测仪来了。张保国指挥着战友兵分数路，寻找炸弹。他们装备的是先进的探测仪，能把可疑的声音放大一千倍。时间一分一秒地过去。繁华的商场，琳琅满目的货架，熙熙攘攘的人流。在这样的环境中寻找一枚伪装的炸弹不亚于大海捞针。张保国冷静地指挥着，分析着。他听得见自己怦怦的心跳。

突然，探测仪在存包处发出刺耳的声响。发现目标！进一步检测，确实是可疑的爆炸物。

张保国下令立即疏散人群，拉起黄色的警戒线。

商场相关人员被找来，存包处所有的柜门都被打开了。

一个黑色的手提袋被锁定。

就是它！滴答滴答的声响像恶魔在磨牙，咬噬着张保国和战友们的心。

这时的张保国既是指挥者，也是唯一的排爆执行人。他在战友们的帮助下穿上厚厚的防爆服，然后，挥手让战友们退出警戒线。他拿起钳子，小心翼翼地向黑包靠近。

他这一闪念的判断，关系到许多人的生死

犯罪分子常用的炸弹分为三类：第一类由定时器引爆，俗称“定时炸弹”，在听到不明物体中传出滴答声时，通常认为该物体有“定时炸弹”的嫌疑；第二类炸弹由各种触发引信引爆，当人们触动或翻倒爆炸物时便发生爆炸，那种倾斜或翻倒后立即爆炸的炸弹在电影中很常见，港台地区称之为“水银炸弹”；第三类是遥控引爆，由恐怖分子在附近通过呼机、手机或者其他遥控器引爆，也有的炸弹将几种功能混合使用，则更加难以防范。

张保国小心翼翼地靠近了可疑物。方方正正的黑色手提袋就在眼前，厚重的防爆服使他行动困难，他艰难地单膝跪在地上，隐约能听到滴答滴答的响声，里面肯定有定时装置。张保国小心翼翼地拉开细小的拉链……一串闪亮的红色计时器映入他的眼帘，50秒、49秒……引爆装置、炸药都齐全，敏锐的职业嗅觉告诉他这是一颗真家伙！若眼前的物体真的爆炸，后果不堪设想。也许恐怖分子就埋伏在附近，大拇指正摁在引擎上等待着他。此时张保国咬紧牙关，汗珠一颗颗顺着他的额头、睫毛落在防护面罩上，也顾不得擦，眼睛紧紧地盯着手中的彩色金属线。线与线纠缠在一起，给他的排查造成了极大的困难。而此时他在防爆服中已经长达20多分钟，时间一秒一秒地过去，张保国头皮有些发麻，意识有些恍惚。防爆服重30公斤，商场内的温度是33℃，防爆服中则高达50~60℃，再加上紧张，他的衣服被汗水浸透，连呼吸一下都非常艰难，汗水模糊了视线，听得见自己厚重的喘气声。这样的情形极易使人坠入恍惚

之境。张保国抖擞了一下精神，强迫自己冷静下来，分析判断。

这一刻，他的选择关系着许多人的生与死，关系到数以百万计的财产。

计时器上只剩最后两秒了。他果断地伸出左手，剪断了他选中的那一根导线。

滴答声停止了。

炸弹没有爆炸。

张保国长长地松了一口气，随即虚脱般地瘫倒在地。

战友们欢呼着跑来，心疼地搀扶起他们的中队长，迅速脱去他的防爆服，一边急切地呼唤着，一边往他口中灌水。

张保国醒了。

突然，他想起了车中高热的女儿。他推开扶着他的战友，疯了似的奔向警车。

医生说，再晚来15分钟，女儿就有生命危险

打开车门后，张保国惊呆了：女儿已经面呈红紫色，虚弱地躺在车座上，未干的泪珠挂在眼角，眼睛哭得红肿，同时，一股刺鼻的味道迎面扑来。原来，女儿被反锁在车内，惊吓过度，大小便失禁了。张保国来不及向战友们解释，急速地摇下车窗，发动汽车，以最快的速度把女儿送进了医院。

医生说，如果再晚来15分钟，孩子就会有生命危险。

谢天谢地！张保国有些语无伦次地说："谢谢！谢谢！"

"可是，我们不能保证她不会留下后遗症。长时间严重的高热，脱水，极容易损害大脑，引发一系列病变……"

医生的话，让张保国刚刚放松的心一下子又悬了起来。

吊瓶下的女儿终于睁开了双眼。

“爸爸。”女儿虚弱地叫着，泪水又涌了出来。

“宝贝，爸爸在这儿，没事儿，你很快就会好的。”强忍着泪水，张保国微笑着安慰女儿。

幸运之神最终没有让张保国失望。经过救治，女儿安全出院，没有留下后遗症。

最危险的时刻，他挺身而出

2005年3月2日，是张保国一家刻骨铭心的日子。根据计划，这天上午要销毁一批弹药。

和往常一样，一旦知道有任务，张保国总是睡不好。他脑子里过电影一般反复重复着各项注意事项，设想着可能出现的各种意外情况。是呀，他面对的不是别的，而是死亡。一边是年迈的父母、爱妻、娇女，一边是神圣的工作。巨大的压力常使他从恶梦中醒来，亲一下女儿，才又能小睡一会儿。

一向乖巧听话的女儿这天早晨也有些反常。她异常焦躁，耍赖不肯起床，不肯去幼儿园。眼看着上班时间就要到了，张保国匆匆忙忙地套上警服，抱起哭闹的女儿奔出家门。

销毁现场选择在荒郊野外。

在严密的警戒线内，摆放着废旧炮弹。这些炮弹都是战争年代遗留在济南地区的，每逢重大施工，地基中都能挖出日本人或者国民党部队遗留下的各类炸弹，少则几枚十几枚，多则几十上百枚！别看这些锈迹斑斑的东西已经沉寂了几十年，可仍然具有相当的危险性。所以必须集中存放，定期由专业人员销毁。在济南，负责这项工作的，就是张保国和他的战友们。

这次要销毁的炸弹都有明确的型号，所以张保国并不担心，他担心的是20米外散放在地上的一批弹药，这些弹药是解放初期恐怖分子自行研制的小型爆破装置，另外还有一部分是非法研制烟花爆竹用的化学药品。弹药中很可能含有雷管装置，别说是摩擦碰撞，就连人体上的静电都会引发弹药的自燃，从而导致爆炸。为了安全，销毁这些弹药必须摆成1米宽、不超过5毫米厚的带状，然后发射药引，引燃弹药。

摆放弹药是最危险的环节，因为弹药的性能各不相同，有的怕震动，有的怕磨擦，有的怕光，有的怕静电，有的见水就炸……

在这种危险的时刻，张保国总是命令队友撤离出危险区，亲自操作。这次也不例外，他戴上特制钢盔，小心翼翼地靠近那些弹药，脚步尽量轻柔，不使鞋底产生磨擦。当他距离弹药还有2米远的时候，意外发生了，一团火龙腾空而起，张保国顿时身陷火海。

弹药遇空气自燃了！而弹药燃烧时的温度高达1200℃！

身陷火海的张保国没有慌乱。他紧闭双眼，屏住呼吸，向远离弹药的方向紧跑出几十步，就地打滚灭火自救。直到这时，战友们才回过神来，飞奔过来帮他扑火。

张保国被紧急送往医院。

通常发生火灾时，人并不是被烧死的。大多数都是因为吸入高温气体灼伤气管，封闭呼吸道，窒息死亡，或吸进有害气体或物质致死。如果睁着眼，则会被灼伤眼睛。张保国在生死瞬间采取了最佳自救方式，使他在被送到医院时还能呼吸，意识清醒，甚至还能说话。

一位队友在无意之中拍下了张保国火海逃生的镜头，这几秒钟视频资料弥足珍贵！

不管你炸成啥样，只要活着就好

张保国被送进医院时，头部焦黑，手部严重烧伤，警服都被烧化了，粘在皮肤上，而下半身却几乎毫发无伤。这是怎么回事？原来早晨女儿的哭闹，使他还没来得及脱掉牛仔裤便匆匆套上警裤出了门，就是这厚厚的牛仔裤保护了他，下半身除了脚后跟局部烧伤外，别无大碍。

张保国被送进医院的过程中，头脑一直是清醒的。他为没有引发更大的爆炸、战友们都安全而欣慰不已。父母年事已高，对自己的工作一直非常担心，为此他经常回家看望老人，工作再忙，也要打个电话给二老，免得老人挂心。张保国决定趁自己嘴还没肿得太厉害、还能说话时，给父母打个电话。电话中他告诉二老：“我要到北京执行任务，至少要呆半月二十天的，电话可能不方便，就不给你们打电话了，放心吧。”

张保国的妻子是下午在单位接到电话的。她立刻意识到情况不妙。为什么是张保国同事的电话？而张保国只要出事，就肯定是大事。来到楼下，见张保国的领导也来了，她更加忐忑不安。急匆匆赶到医院，看到张保国肿得南瓜似的脸、手上厚厚的纱布，她释然了：“保国，还活着！这就好！不管你炸成啥样，只要活着就好！”

爸爸，以后你不要玩火了，我也不玩火了

张保国受伤后，受影响最大的除了妻子，就是女儿了。往常都是爸爸接送她去幼儿园，现在突然换了妈妈，她特别想念爸爸，天天追问爸爸为什么不回家。妈妈只能一而再、再而三地对女儿撒谎，

女儿睡下后，她才偷偷哭泣。

是呀，承受着痛苦，还要上瞒公婆、下瞒女儿，作为一个女人，她已经足够坚强了！

病床上的张保国，遏制不住对女儿的思念。他既怕吓着女儿，又想见女儿，心情十分矛盾。

在张保国受伤住院的第21天，他脸上已经脱去一层焦皮，但还没完全消肿，眼睛也还只能睁开一条缝。他非常想见女儿，便与妻子商量，让她带女儿到医院。

下午，接女儿回家的路上，妻子对女儿说："乖乖，你爸爸没有出发，他是受伤了。"

"不听不听，我不信。"女儿捂住耳朵。

晚上临睡觉时，妻子又对女儿说："明天，我带你到医院看爸爸，好吗？"

"你骗人！爸爸根本没受伤！"女儿再次拒绝听妈妈说。

妻子忍着眼泪，没再说什么。

第二天早晨，女儿却对妈妈说："妈妈，你带我到医院去看爸爸吧。"

路上，女儿问："爸爸是怎么受伤的？"

妈妈回答："爸爸是被火烧伤的。"

病房里，张保国怀着矛盾的心情等待女儿。他急切地想见到女儿，但又怕女儿见到自己的样子害怕、伤心。突然，走廊里传来女儿轻盈的脚步声，这声音是最美丽的音符，让他心醉；这声音是最动人的鼓点，令他心跳加速。激动中，他故意闭上眼睛，想给自己，也给女儿一个惊喜。这声音进屋了，到他病床前了。突然，这声音变得迟疑、迟缓，最终停住了。

女儿怎么了？

原来，看到病床上被包成粽子样的人形，女儿害怕了，转身跑进妈妈怀里。

张保国疑惑地睁开眼睛，他看到了思念已久的女儿，但女儿的表情是惊恐的、僵硬的。这一刻，他像是被推进了万丈深渊，从女儿脸上他看到了自己的形象。

时间仿佛凝固了。父亲与女儿就这样僵持了3分钟。当女儿确定病床上躺着的是自己最最亲爱的爸爸时，她轻步走上前，拽着爸爸的衣襟："爸爸，以后我不玩火了，爸爸也不要再玩火了。"

张保国激动地拥住女儿，任泪水尽情流淌。这一刻，病痛被远远抛弃，他被巨大的幸福环抱。

与老母同住一间医院

受伤之后，张保国最担心的是怎么跟乡下的父母交代。父母身体都不好，绝不能让他们受这种刺激。于是，在打了那个电话之后，他要求妻子和战友对父母严格保密。

张保国的英雄事迹传开了，记者们接踵而来。张保国提出一个要求：不许披露姓名，不许出脸部图像，否则就不接受采访。尽管如此，相关的报道陆续出来后，父母还是有所怀疑，因为这就是儿子的职业。特别是母亲，她从爆炸现场那几秒钟的录像中，看到火团里跑出的那个身影像极了自己的儿子，于是立刻拨通张保国的电话："儿啊，你在哪儿呢？"这是在张保国负伤的第20天，他的嘴已经基本消肿，能含混不清地说话了："在北京呢，忙着呢，妈，挂了啊。"

就这样，又瞒了两天。

一群师生到医院看望张保国，孩子们的天真和热情深深地感染了张保国，使他忽略了摄像机的存在。当天晚上，母亲从电视上看到了日夜思念的儿子躺在病床上，浑身缠满绷带。

母亲的饭碗滑落在地。她摸起电话，骂张保国。张保国连忙向母亲道歉，并劝母亲不要过来。他说："反正我已经这样了，你就再等一晚，明天我让单位的车去接你还不行吗？"

在张保国住进医院的第25天，老母亲见到了面目全非的他。母子连心，母亲老泪纵横，张保国也痛哭流涕。面对母亲沧桑的泪脸，张保国愧疚不已。在医院里，母亲寝食不安。张保国心疼母亲，第二天就逼着弟弟把母亲送回了老家。

由于过度焦虑，母亲回家后，忽然中风倒地。于是，母亲与儿子住进了同一家医院，张保国让妻子去照顾生活不能自理的母亲，而他就坐在马扎上，守在母亲的病床前。

一个月后，母亲出院了，但是左半边身体已经失去功能，生活不能自理。70多岁的父亲不会做任何家务，为了照顾母亲，一切从头学习，做饭，收拾家务，照顾病人。张保国无比感慨："父母生养了我，却因为我，不能安度晚年！"

英雄无悔，英雄有泪，英雄也有儿女情长，但英雄在面对危险时，依然会毫不犹豫地选择冲上前去。英雄保护着我们，使我们能享受平安与宁静。我们感谢英雄，也从心底祝福张保国和他的战友们永远平安。

感悟与思考

张保国始终战斗在排爆工作的第一线，被誉为“与死神打交道的人”。他总是视战友的生命安全高于自己。面对亲人，他背负着常人难以想象的情感重担。这么多年来，他欠父母、妻儿的实在太多了。但为了千千万万个家庭的幸福，为了社会的安宁，他义无反顾地选择了忠于职守，选择了无私奉献，选择了舍小家顾大家，选择了置个人生死于度外。无论是白天黑夜，家里家外，无论是节假日与亲人团聚的时刻，还是在接送孩子的路上，只要接到警情，他都会毫不犹豫地迅速赶往现场。为了工作，曾经把患病的老人撇在医院；为了工作，曾经把无人照看的孩子带到排爆现场……这一桩桩、一幕幕都真实地发生在了张保国身上。

当我们享受宁静的幸福时，张保国们或许正在面临生死危险。大爱无言，行者无疆。爱是宽广的，爱是没有界限的。面对张保国这无私的爱，我们在心灵受到震撼的同时，更重要的是要学习他的这种精神，为他人、为社会，奉献出自己的爱。

46个孩子一个家

如今有钱的人多了，媒体上关于百万富翁、千万富翁甚至亿万富翁的报道比比皆是。可惜关于他们的负面报道也多了，什么开车撞人、包养二奶，更有甚者还雇凶杀人。这是一个发人深思的现象。如何处理我们手中的财富，使它们发挥应有的价值？本文的主人公也许会给我们一些启示。

山西长治有个百万富婆，有了钱不穿名贵的衣服，不戴金银首饰，不吃山珍海味，而是救助了46个贫困失学儿童。而且由于她花在孩子们身上的心血和钱太多，引起家人的不满，家庭矛盾曾经一度紧张激化，丈夫差点与她离了婚。

她叫申竟，下岗后，她与丈夫经过一番打拼，建立了自己的企业，最辉煌的时候，年纯收入超过百万元。

丈夫：突然发现我的私房钱少了几万元

丈夫张新民说起这事，至今还是相当气愤。他说，申竞要做这事时，也曾与他商量。他觉得很意外，不同意，觉得这应当是政府办的事，与我们没有关系。但是申竞不听他的，一意孤行。张新民知道妻子的脾气，她想干的事九头牛也拉不回，就采取“冷处理”方式，一个多月不理她。家里房子大，房间多。他就用与妻子“家庭内部分居”的方式以示抗议。妻子在这个问题上仿佛“自知理亏”，想用感化的办法缓和与丈夫的关系，不论丈夫说什么、如何地不理她，她都笑脸相迎，努力跟丈夫交流。张新民虽然白天表现得理直气壮，但晚上一个人睡在小床上时，却越想越气愤，越想越伤心。这些年奋斗成功不容易，妻子却走火入魔似的拿出这么多钱救助失学儿童，一个两个也就算了，居然一下子就救助了这么多，整整一个班呀，整天忙得团团转，生意也顾不上了，钱挣得少了，花的却多得多了！有一天他要用钱，竟然发现自己的私房钱少了好几万元。他断定是妻子拿了。晚上，等妻子回家，他虎起脸问她，妻子承认得倒是很爽快，说给孩子们买衣服，一时周转不过来，就拿了他的钱。妻子还承认，这已经是第三次拿他的“私房钱”了。这日子没法过了！张新民一气之下提出了离婚。他说：“如果你一意孤行，那你去献你的爱心，我和俩孩子一块儿过！”但是妻子不同意，还是耐心地说服他。张新民冷静下来想，与妻子的关系无非是三条路：一是改变她，二是服从她，三是离开她。二十多年共同生活的经验告诉他，改变妻子是不可能的。那么离开她呢，也实在舍不得。妻子能干，疼他，也爱这个家。再说她为这些孩子，确实是在做好事。所以，他试着劝妻子：“作为个人根本就没有必要做这件事。你实在要干，就办一所希望学校，没有必要把这么多孩子的吃喝拉撒睡全管起来，像母亲一样，既花钱，又操心。”

后来，张新民的转变可以说是中了妻子的“套”。有一天他正要出门，妻子领着一帮孩子进了家门，孩子们见了他，齐声喊“爸爸”。这令他心头一热，赶紧转回家给孩子们拿饮料拿水果。再后来，他彻底的转变是在跟着妻子到农村贫困孩子的家里去搞家访之后。在城市中长大的他被震撼了。他没有想到，还有人生活在这样艰苦的条件下。

女儿：凭什么呀？这是我的家

相比之下，女儿的反应更强烈。从小到大，妈妈都有求必应，特别地宠她。女孩子嘛，总是喜欢买漂亮衣服。有时候新买的衣服几个月也穿不了一次。一次她整理衣柜，有两件衣服不见了。再后来，她发现妈妈救助的女孩竟然穿着和她失踪了的一模一样的衣服。女儿非常生气，就当着那女孩的面问妈妈：“哎，这件衣服怎么与我买的那件一模一样啊？”妈妈没说什么，等那个女孩走了，才小声对女儿说：“反正你衣服多，也不差这一件两件的，她们喜欢，就让她们穿吧。”女儿忍不住对妈妈大发脾气。还有一次，女儿回家迟了一点，发现一个孩子竟然睡在她的床上。妈妈不让她把孩子喊醒，反而让她睡沙发或打地铺。她赌气说：“那我不睡了！凭什么呀？这是我的家！”妈妈说：“孩子都睡着了，别弄醒她。”她心里特别难受，甚至想打那小孩一顿。她越想越生气，一夜未眠，想起高中住校时，妈妈给她送最爱吃的排骨，同学们都眼红。想起以前要买什么，妈妈从没二话；现在她说要什么，妈妈总说经济困难什么的。想到这些，她对那些小孩就满腹怨恨。

第二天女儿还生闷气，不跟妈妈说话，也不吃妈妈端来的东西，说：“我不吃他们剩的东西！”妈妈任由她发泄情绪，只是叹气。想想以前妈妈对她的宠爱，女儿就特别委屈，心理特别不平衡，为此哭过很多次。她想：我是妈妈亲生的，这些孩子怎么可以来分享我妈妈的爱呢？

申竞：我的经历使我回报社会帮助他人

申竞的童年生活十分贫苦，12岁时父母相继去世，她领着三个弟弟妹妹生活。有一次她带着弟弟路过一个小饭店，看着别人吃饭，弟弟说：“姐姐我想吃。”申竞身上没有钱，只好狠心抱起弟弟快步走开了。现在想起这些，申竞还是特别心酸。申竞从小非常喜欢读书，但家里穷，为了照顾弟弟妹妹，她不得不辍学，是她的老师宋玉贤主动提出资助她读书，直到她完成高中学业。想起自己苦难的童年，想起恩师的资助，看到生活中还有许多聪明可爱的孩子因为贫穷而失学，她便产生了救助这

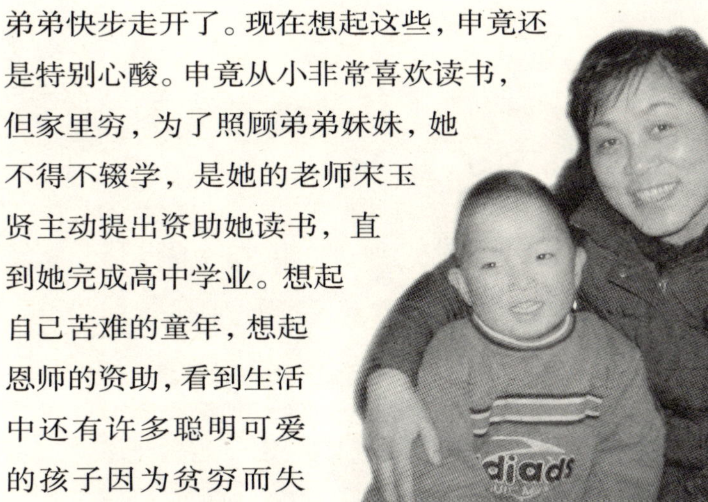

些孩子的想法。她说，宋老师的帮助，让她有了一颗感恩的心，如果没有宋老师的帮助，自己可能就没有今天。现在她有钱了，像恩师那样去帮助别人就是对恩师最好的回报。

一开始，她也曾像别人那样，出钱资助过一个贫困山区的女孩。可是那个女孩因为语言不通，无法与同学和老师沟通，整天哭着闹着要回家，最后还是离开了学校。这使申竞非常痛苦，也引起她的反思。她也曾想捐建一所希望小学。但即使是这样，有些孩子仍然无法走进学校读书，有些捐助款竟然被挪用了。这一切促使她产生了集中把孩子管起来、把生活全部包下来的想法。

2003年4月，申竞租下了紫坊小学校内的一座小四合院，把长治周边贫苦家庭的35个孩子领回来，组成了一个特殊的大家庭。孩子们集中生活，就近在紫坊小学就读。2004年6月，申竞出差来到了贵州。在黄果树瀑布附近，有一个小男孩，一直跟着她走，她觉得很奇怪。当她喝完一瓶矿泉水，把瓶子扔进垃圾箱的时候，那孩子捡起瓶子就跑。她这才明白，一个五岁的小孩，为了捡一个瓶子，跟了她15里路。这一幕深深地烙在她心里！在贵

州的紫云县，她看到了更令她不敢相信的一幕：村民们住在溶洞里，很多孩子没有鞋穿，更没有学上。看到一个十四五岁的女孩抱着一个小男孩，申竟问她为什么不去上学而在家看弟弟，小姑娘却回答说她抱的是自己的孩子！原来，在贫穷的山区，仍然有人早婚早育。申竟感到非常震惊。这次贵州之行，她又带回10个苗族、布依族的孩子。这些孩子半数以上是孤儿，还有的出自单亲家庭，当然，无一例外家庭贫穷。

她说，她要把孩子培养成才，将来回乡建设新农村。

2006年春节过后，她又收留了当地一个名叫路凯的六岁贫困孩子。他的姐姐路小飞是这个大家庭的第一批成员。他们的父亲是残疾人，妈妈和奶奶也都有病。在她父亲的一再请求下，申竟收留了路凯。由于还不到入学年龄，路凯目前在紫坊小学读学前班，这是申竟救助的第46个孩子。

丈夫：我彻底想通了，坚决支持她把这事做好
女儿：这些孩子刚来时，除了吃的什么都不认识

想当初，张新民和儿子女儿对申竟的做法都不理解，甚至对她冷嘲热讽，联合起来孤立她。申竟回家，丈夫就说："名人回来了。"女儿就说："噢，大忙人来了。"然后就回自己房间，关上门，让申竟孤零零地自己吃饭。这也不能怪他们，申竟整天在外面忙活孩子们的事，家里的事一点儿都顾不上，张新民在家是既当爸又当妈，当然觉得

委屈。后来，几次下乡去孩子们家里的经历，使张新民重新审视自己也重新认识妻子。还有一个农民工的行为也令他深深感动。

那是一个星期天的傍晚，一个名叫刘志新的农民工慕名而来。为了省钱，坐着火车辗转了一天多才来到长治，而他家就在150公里外的地方，他坐汽车更方便。刘志新人生地不熟，坐着三轮车在长治市转了半天，被讹了100多块钱才来到紫坊小学。见到张新民，见到被救助的孩子，他很高兴，但仍然没说出真正来意。直到看到申竟，他才兴奋地说："对，就是她，报上的照片就是她。"然后他掏出皱巴巴的500元钱，一定要捐给孩子们。申竞和张新民婉言谢绝，他却执意要把钱留下。第二天张新民要送他乘汽车回家，他却坚持坐火车，说坐火车可以省钱。张新民送他到火车站，给他买了火车票，送他上车。车快要开动时，刘志新从窗子扔下一个纸包，说是给申老师写的信。张新民打开，里面是买火车票的钱，还有一行字：申竟为孩子花这么多的钱，我不能让你们再给我买火车票。看着远去的火车，握着手里的纸条和钱，张新民内心久久不能平静。

他完全理解了妻子，并全力支持妻子的事业。

儿子和女儿也在改变。一开始女儿对这些孩子很反感。不仅因为他们"夺去了"属于自己的母爱，还因为这些孩子的不懂事。这些孩子有相当一部分是孤儿或来自单亲家庭，家境差，谈不上有什么教养。见了好吃的居然还抢，无论在什么场合。有的甚至连烟灰缸都不认识，不知道什么是卫生间，也不知道什么是阳台。特别是来自贵州的少数民族孩子，刚来时连一句汉语都不会说。女儿觉得很不可思议。后来妈妈告诉她，由于贫穷，他们除了最基本的吃食之外，确实是什么都不认识，更没有接触过现代文明。女儿开始觉得这些孩子好可怜。再后来，妈妈带她去了学校，小孩子们见了她特别热情，"姐姐，姐姐"叫得特别亲，还为她搬凳子。女儿被这些孩子打动了。对比这些孩子，她觉得自已真是太幸福了。这时，妈妈又教育她要自立、要节俭，她开始理解妈妈的爱并不像自己想的那样狭隘。妈妈不是不爱自己了，而是以博大的爱为自己做出了表率。

申竞：让孩子以城市人的意识建设家乡

申竞把孩子集中起来，管吃、管住、管教育。就说日常生活习惯的养成吧，包括早晚要刷牙，睡前要洗脚，起床要叠好被子，自己的东西要放整齐，不准说脏话，吃饭要排队，要讲礼貌，说普通话……为了改变孩子们散漫自由的习惯，她还请解放军战士帮她训练了一个月。目前这个“家”里有五个生活老师，照顾孩子们的生活学习。

除了这些，申竞还利用一切机会让孩子了解城市、融进城市生活。她偶尔带着孩子进宾馆，吃大餐，参观城市设施，还到北京观看天安门广场的升旗仪式。她的标准是：城市孩子们拥有的，他们也都要有；城市孩子们看到的，他们也都要体验到。有一次出差，在杭州机场临上飞机前，她花220元买了两个大芒果带回来，分给孩子一人一小口。因为这种大芒果在长治是看不到的，她特别告诉孩子们这是什么，产自哪里，怎么吃。她说，关键是改变理念。她就是要让孩子们接触和享受现代文明的成果，进而使孩子们产生上进的动力。孩子们体验并接受了先进的文明和理念，今后才能有能力去改造家乡。

申竞说："哪怕我只有火柴的一点光和热，也要献给这些孩子们。"

（2006年10月9日，因突发交通事故，申竞同志不幸逝世，终年43岁。）

感悟与思考

人的社会价值是个人价值的最重要的体现，它主要是以我们对社会所作的贡献来衡量的。国家、社会为我们提供了成长、成才的环境，我们应该怀着一颗感恩的心，回馈社会。申竟作为曾经的下岗职工，在她富起来以后，没有忘记恩师对自己的帮助，她不追求自己享受，而是选择把恩师的人格力量传承下去，用自己的努力来帮助那些像她小时候一样需要帮助的人。她自愿救助46名贫困失学的儿童，教他们做人，助他们成长，把爱的希望、把帮助别人的种子留在了他们的心间。在她的感召下，丈夫、孩子由抵制转变为自愿帮助她来共同进行这项事业。

与社会上常见的救助失学儿童的方式相比，申竟提供的不仅仅是物质上的帮助，更重要的是她关心培养他们的现代文明意识。不仅仅是救助他们的“身”，更重要的是救助他们的“心”。授人以鱼，不如授人以渔，只有教给他们自我生存的方法和技能，他们长大后才能更好地为自己的家乡、为自己的国家服务。

随着社会生活水平的提高，人们的钱袋越来越鼓，但是责任意识越来越淡薄。在以后的生活中，我们应该如何回报我们的国家和社会？

挽救一个孩子，就是挽救一个家庭

尚秀云是北京市海淀区人民法院刑事审判二庭副庭长，全国“十杰”女法官、全国法院模范、全国“三八”红旗手。她帮教失足未成年儿童的事迹感动了无数人，2006年3月份热映的影片《法官妈妈》，就是以她为原型拍摄的。

坚决杜绝十种行为，防止和减少青少年犯罪

如何让孩子健康、安全、快乐地成长？“法官妈妈”尚秀云向广大青少年和他们的家长提出十条忠告：

一忌吸烟、酗酒；二忌与品行不良的人交朋友；三忌夜不归宿；四忌携带管制刀具；五忌打架、斗殴、辱骂他人；六忌强行向他人索要财物；七忌偷窃或故意毁坏财物；八忌参与赌博和变相赌博；九忌观看、收听色情、淫秽音像制品或读物；十忌进入法律法规规定不适宜未成年人进入的营业性歌舞厅或非法经营的网吧等。

之所以把吸烟列在首位，是因为国内外大量的数据表明，吸烟不仅有害健康，而且是导致未成年人违法犯罪的诱因。所以，我国和许多国家的法律都明确规定未成年人不得吸烟，任何经营场所不得向未成年人出售香烟；

未成年人犯罪的一个突出特点是团伙作案，有85%以上的少年犯罪是共同犯罪，因此交什么样的朋友非常重要；

未成年人犯罪通常在夜间进行，《北京市未成年人保护条例》规定，未满16周岁的未成年人未经父母或其他监护人许可，不得在22点后外出，如果有同学在自己家中逗留过晚，一定要通知其家长；

携带管制刀具本身就是违法行为，也特别容易导致在情绪失控时突发恶性案件；

打架、斗殴、辱骂他人常常是许多恶性案件的发端；

……

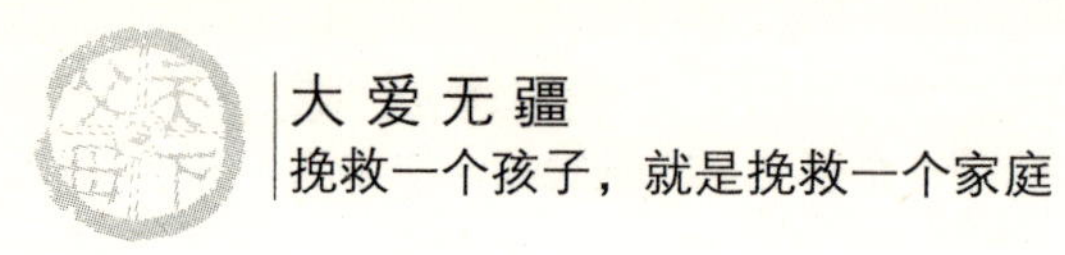

黑网吧是滋生青少年犯罪的温床

尚秀云对于未成年人进入黑网吧、沉溺于网络游戏，特别痛心疾首。她说，黑网吧绝大多数是一边收孩子的钱，一边向孩子灌输不良信息，因此未成年人应远离网吧。

尚秀云在审判案件时发现，孩子在变坏之前都会出现夜不归宿的现象。而这些孩子之所以夜不归宿，主要是滞留在游戏厅和网吧。为进一步摸清未成年人犯罪的原因和规律，尚秀云从1993年就到电子游戏厅调查，1997年又开始学习上网，并经常到网吧“体验生活”。网吧里的所见所闻，令她十分震惊。里面乌烟瘴气，供应香烟、饮料、盒饭，甚至还提供住宿！网吧中几乎全是青少年，只有极少数孩子是在浏览新闻，绝大多数孩子是在玩游戏。其中，暴力游戏占了相当的比例，甚至许多孩子玩的还是色情游戏！据查，北京1900多家网吧，至少30%属于无证经营。而据她调查，犯罪以前经常光顾暴力网站的孩子占了少年犯的83.6%。

未成年人犯罪问题令人担忧

尚秀云从事少年刑事审判工作15年。作为一个法官，她铁面无私，判案事实清楚，量刑准确，15年来未有一件案件是错判；作为妈妈，她用慈母般的爱，尽一切可能感化挽救这些少年。其中经她依法判处缓刑的少年犯中，有16人后来考上了清华大学、北京大学、北京理工大学等全国重点院校，20余人考入各类专业学校，有6人因确有突出的悔改表现被减刑。许多犯了罪的青少年对她感激涕零，亲切地叫她“法官妈妈”、“尚妈妈”。

在其位，谋其政。尚秀云告诉记者，近些年来，未成年犯罪现象十分严重。仅以海淀法院判处的未成年犯罪人数为例：1986年为99人，1996年上升至231人，2001年达历史最高，判处380人。近年来发案数量也居高不下。

不少孩子是因无知葬送了自己的前途

一名因抢劫罪被判刑的少年犯，直到法庭宣判才知道自己是犯了抢劫罪，而在此之前，他只知道自己的行为是“切钱”；一名16岁的农村少女，因父母和奶奶不同意自己与男朋友交往，想制造恶作剧吓唬一下家里人，让他们都住进医院，竟伙同男朋友在做饭时将农药放入饭里，给平常最疼她的奶奶吃了一碗，自己也好奇地尝了两口，结果奶奶被毒死，自己也被抢救了3天……尚秀云在列举自己经手的这些案例时痛心地说，目前我国未成年人法制教育缺口较大，不少孩子是因无知葬送了自己的前途。

说到中国孩子法律意识的缺失，尚秀云讲了一则耐人寻味的故事。一个中国男孩在美国留学期间，交了一个美国的女朋友。一天过马路时，虽然是红灯，但看到没有车，男孩就率先过去，并招呼女孩快过来。尽管一直没有车，女孩还是一直等到绿灯亮才过来。男孩正想埋怨女朋友迂腐呢，美国女孩说：“咱们拜拜！”男孩吃惊地问：“为什么？”女孩说：“你连起码的守法都做不到，将来怎么生活？”后来男孩回国，又交了一位女朋友，过马路时，又是红灯，女朋友跑过去后喊他，他等到绿灯时才过马路。女朋友嫌他笨，又吹了。

一个女法官与一款立法

尚秀云认为，对于法官来说，审判不是目的，最重要的，是如何预防和减少未成年人犯罪。1998年尚秀云当选为全国人大代表后，更加致力于这一工作。1998年4月，尚秀云根据多年从事少年刑事审判工作的经验，呼吁尽快对预防未成年人犯罪进行立法，并多次列席全国人大常委会会议，提出了10条建议，引起立法机关的高度重视并被采纳。1999年6月28日，第九届全国人民代表大会常务委员会第十次会议上通过了《中华人民共和国预防未成年人犯罪法》。

在九届人大四次会议上，尚秀云提交了三个议案。第一个议案是《呼吁国务院制定预防未成年人犯罪法的实施细则》；第二个议案是建议中小学道德教育课中，把法制教育列为必修的内容，共有34位代表签字；第三个议案是《建议国务院在“十五”期间，切实加大对青少年活动场所的投入，为青少年提供更多健康有益的活动场所》，被教育部作为重点议案以［2001］第98号函予以答复，并召开了落实此议案的座谈会，研究具体计划和措施。

在九届全国人大五次会议上，尚秀云又提出新的议案，并作了题为《加大对文化市场的执法力度，保护未成年人的健康成长》的发言，要求加大力度清理黑网吧，为中小学生建立绿色网站，给未成年人提供更多健康、有益的活动场所和音像制品。

在尚秀云和同事的共同努力下，海淀法院决定大力推行“帮教法官制度”，即将法官助理都变成帮教法官，庭前负责对被告人的家庭、思想等各方面情况进行调查，然后拟定一个有针对性的教育感化方案，判刑后，对所有缓刑被告建立帮教档案，定期和他们开会座谈。后来随着社区建设的深入，尚秀云和同事又提出将法制教育范围扩大到家庭，并设立了北京第一家“少年与家庭法制教育基地”。

没有不良少年，只有不幸少年

近20年来，尚秀云经手的“少年犯”达700多个。她痛心地说，家庭、学校、社会是未成年人成长影响因素的三个不同层面，如果我们能够重视孩子早期健全人格的培养、品德教育和良好习惯的养成，为孩子的成长精心营造和睦、民主、幸福的家庭环境，就绝不会等到孩子迈入铁窗，才追悔莫及。

在她眼中，没有不良少年，只有不幸少年。人之初，性本善。一个纯洁无瑕的婴孩，后来变成少年犯，归根结底，问题就出在将孩子抚养长大的父母身上。虽然生活在一起，但父母对子女思想的变化并不了解。有的未成年人犯了罪，其家长竟认为自己的孩子没问题，甚至怀疑公安局抓错了人！她说，家庭是一个人社会化的第一个场所，也是未成年人接受健全人格教育最重要的场所。家庭“失和、失教、失德、失才”是导致花季少年走上犯罪路的重要原因之一。

家庭“失和”：我国每年离异的夫妻超过百万对，这些单亲家庭子女的教育问题也呈上升态势。2003年，海淀法院少年法庭受理的未成年刑事案件中，来自单亲家庭的占少年犯总数的26.4%，来自继亲家庭的占少年犯总数的6.3%，来自婚姻动荡家庭的占少年犯总数的25.2%，三者相加为57.9%。

家庭“失教”：家庭一味地骄宠，对孩子的坏毛病、坏习气听之任之，不严格进行教育。过分的溺爱会导致孩子以自我为中心，道德水准不高，形成不良品质和种种恶习，进而可能在孩子心灵深处播下自私、任性的种子，使其形成了不良个性——造成违法犯罪的潜在诱因。

家庭“失德”：未成年犯的家庭成员中，因违法犯罪行为被拘留、劳教、判刑的也占到23%。

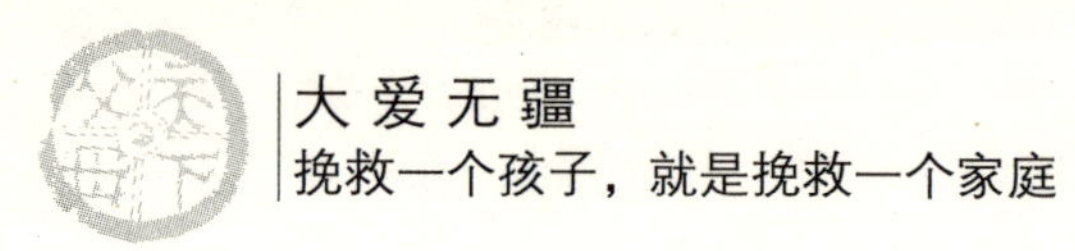

家庭“失才”：未成年犯本人文化程度在初中及初中以下的达82%，其家庭成员的文化素质也普遍较低。由于文化素质较低，造成有的家长对孩子生而无爱，只养不教，不依法履行监护职责，对孩子的不良行为视而不见，听而不闻，如发生在北京海淀区的“蓝极速”网吧纵火案的四名未成年犯，就是由于各自家长长期不闻不问，导致孩子游荡到社会上出现问题。

救孩子也是为了救家庭救社会

尚秀云说，挽救一个孩子，就是挽救一个家庭。无数个幸福的家庭，才构成一个稳定的社会。

1999年，尚秀云判过一个15岁的孩子。案情是他跟其他孩子两次入户抢劫。事发后，孩子的父亲，一个双耳全聋的男人，每天盯着天花板发呆，一个星期几乎没有进食，母亲更是整天以泪洗面。尚秀云了解到这个孩子跟妈妈感情特别好，觉得孩子具有教育好的前提，就决定以亲情为突破口，要求孩子写篇作文《让妈妈不再流泪》，记叙生活中受到妈妈照顾的种种细节。写完之后，尚秀云让孩子自己朗读，读着读着，孩子就哭起来了。

后来，孩子被判“一缓二”。尚秀云要求他每月写篇思想汇报，每天都要做一件好事。孩子上了高中，学习紧张了，但还是经常晚上来找尚秀云聊自己的情况。孩子缓刑期满后，因为成绩特别好，很可能考上重点大学，于是尚秀云又跑到学校交涉，依法把孩子的犯罪材料从档案中抽出来，转移到少年法庭保存。终于，这个孩子考上了北京一所重点大学。他称尚秀云是自己的第二位母亲，并送了尚秀云一艘小船，上面写着“我将扬帆远行，希望法官妈妈一帆风顺”。

还有一位“神童”少年犯，9岁就考上了县重点中学，15岁以全县第一名的成绩考进了北京某全国重点大学。由于他来自贫困山区，父母每月只能给他寄几十元生活费，看见周围的同学吃穿都很讲究，他十分羡慕，竟产生了偷盗的想法，先后偷了四辆自行车。孩子非常悔恨自己的行为。经过审理，法院对他宣告缓刑，但他在被逮捕时就已经被大学开除，如果学校不愿再接收他，他就没有缓刑条件，就要被判刑送入监狱。

尚秀云和书记员为恢复他的学籍六次去学校协商。校长说：“我们有校规，触犯刑律的一律开除。保留这个学生的学籍，我校还没有先例。这件事根本没有商量的余地。”

尚秀云没有就此罢休，想到这孩子可能再也没有上大学的机会，她又去找校长，从下午两点多钟一直谈到晚上七点。校长最终被感动了，并破例决定，同意接收这个学生，让他先到校办工厂劳动。

经过一年的劳动锻炼之后，学校为这位缓刑少年恢复了学籍。他以优异的成绩大学毕业，并被北京一所著名大学录取为研究生。毕业后，他和一位女同学在北京建立了家庭，两次打电话邀请尚秀云以母亲的身份参加婚礼，这也是尚秀云21年法官生涯中唯一接受的一次吃请。婚礼上，这名失足青年向他的导师和朋友一一介绍说：“这是我的妈妈。”

另一个15岁男孩的案例也非常感人。故事从一位兵团的女战士说起。她被军马咬伤，得了化脓性白血病，在医院住了9年，九死一生，居然捡回一条命。根据她的身体情况，医生不让她结婚，更告诉她不能怀孕。后来，她嫁给了一个有残疾的男人，居然怀了孕。一心想做母亲的她，冒死生下了孩子，而且是个健康的男孩！从此，她生活中有了阳光，有了希望，视孩子如掌上明珠。但孩子15岁时入户偷盗，被人发现后，就以刀相威胁，性质就成了抢劫。事发后，他的妈妈和爸爸悲痛欲绝。尚秀云了解到孩子在学校表现一直比较好，他很爱妈妈，妈妈耳聋，他偷钱是为了给妈妈买电子耳蜗。据此，尚秀云在法律允许的范围内尽可能挽救他。后来孩子表现很好，还入了党，大学毕业后，考上法国的一个大学，享受全额奖学金。

她是一个优秀的法官，也是一位优秀的母亲

“当非亲非故的少年犯亲切地称呼我妈妈时，当他们把大学录取通知书交到我手上时，当他们学到了专业技能，拿着照片、录像带、作品向我报喜时，甚至当有的孩子悄悄地告诉我他谈了恋爱，交上了女朋友时，我作为法官，心里却洋溢着母亲般的快慰。”尚秀云在一篇文章中这样写道。她说，自己退休之后还会从事这方面的工作，想开通尚妈妈热线，专门从事家庭教育的咨询指导工作，“我的责任就是帮助孩子走向新生。”

虽然她不愿意多谈自己的孩子，但记者从其他渠道得知，尚秀云有两个孩子，一个读研究生，一个在美国念博士。她不但是个优秀的法官，还是个优秀的母亲。说到教育孩子的经验，她的话非常简单，也非常朴实：“要让孩子好，你要先好；不要孩子做的事，你先不要做；要孩子做好的事，你先要做好。”

感悟与思考

作为法官，尚秀云铁面无私，断案事实清楚，量刑准确。她的职业信条是："没有不良少年，只有不幸少年"；作为妈妈，她用爱教育自己的子女，她的教子信条是："要让孩子好，你要先好；不要孩子做的事，你先不要做；要孩子做好的事，你先要做好。"

家庭、学校、社会是未成年人成长的三个重要影响因素。家庭是一个人社会化的第一个场所，也是未成年人接受健全人格教育最重要的场所。家庭"失和、失教、失德、失才"是导致花季少年走上犯罪道路的重要原因之一。应该重视孩子早期健全人格的培养、品德教育和良好习惯的养成，为孩子的成长精心营造和睦、民主、幸福的家庭环境。在尚秀云看来，挽救一个孩子，就是挽救一个家庭；无数个幸福的家庭，才构成一个稳定的社会。

家长是孩子的第一任教师，也是终身之师。如何做个称职的家长是需要为人父母认真思考的事情。

李老爸的遗憾

他是全国劳动模范、山东省人大代表、山东省优秀教师、山东省十大好人、山东省道德模范，曾五次进入人民大会堂领奖，受到党和国家领导人的接见，他把一生都奉献给了大山孩子的教育事业……

穷山村，来了一个“南蛮子”

1953年冬天的一个下午，沂源县南部山区的小路上，一个身穿崭新中山装的小伙子背着一个大包裹，冒着刺骨的寒风，吃力地走着。他的双手冻得有些麻木，不住地搓着，额头上却渗出细细的汗滴。

小伙子叫李振华。南京大学大二在读生，17岁。他响应党中央、毛主席的号召，到革命老区支援教育事业。第一站是山东济南，山东省教育部门的领导喜出望外，要留下他，但他觉得省会城市不够艰苦，要求到最艰苦的地方去。人家看他很坚决，就没有再挽留他，把他派到了当时的临沂专区。到了临沂专区，他觉得还不是他想去的最艰苦的地方，就这样，他一级级往下走，最后来到沂蒙山区的沂源县。当地县教育局听说来了一个大学生，非常高兴，希望他能到县城的重点中学当老师。但是他说，我临行时，曾对组织上表态说要到最艰苦的地方去，希望你们能够帮我实现我的承诺。县里的同志看他如此坚决，就给他拿来了一份沂源县地图，帮他一起寻找最艰苦的地方。终于，沂源县韩王村——一个最偏远的村庄进入了李振华的视野。可是县教育局的同志再三挽留，说那地方实在是太艰苦了，派到那里的老师没有能干足两个月的。这话反而更激起了李振华的好奇与豪情。县里的同志拗不过他，只好同意放他走。由于当时还不通汽车，他只好背着行李，步行去那里。

一路打听着走了一整天，李振华终于在傍晚的时候来到了韩王村的村口。令他没有想到的是，村支书带领全体村民在村头迎接他。一见到他，书记就握着他的手说：“这下可好了，村里的学校已经半年没上课了。”

李振华还没落脚就急着要求去看看学校的情况。书记便领着他去学校，学校位于半山腰的一个破庙里。门是破的，旧式的格子窗也破烂不堪。屋里摆着大大小小的石头。书记说，这就是咱们的学校，也是教室。大石头是课桌，小石头是凳子。教室的角落里有一扇用门板支起的床，一张只剩三条腿的小桌。桌上的煤油灯是药水瓶子做成的。书记给了他十本书，五本语文书，五本算术书，是一至五年级的教科书。另一个角落有一个黄泥做的炉子。

怎么会是这样？看到这样的景象李振华内心充满了迷茫。愣了好久，他才想起来问："那，怎么打钟上课下课呢？"

书记摸出一个哨子说："上课下课就吹哨子。"

"那，怎么确定时间呢？"

"看太阳啊。太阳晒到这里时就上课，太阳移到这儿就下课。"书记一边比划着，一边说到。

"若是阴天下雨，没有太阳呢？"

"就点根麻杆，烧完了就下课。"书记说，"其实你也不用太正规，愿意上课你就吹哨子，什么时候想下课了你就再吹哨子。"

村支书见他不说话，小心地问："小李老师，你有什么困难吗？"

尽管眼前条件非常艰苦，但自己是主动要求来的，即使有困难也不能提。李振华犹豫了片刻，问了一句："这儿，晚上有狼吗！"

书记说："哎呀，我怎么把这事儿给忘了呢，还真有狼。不过你也别害怕，我派些巡逻的民兵多在你这儿转转，和你做伴吧。"

晚上，民兵们一人扛着一块大树根来了。山风和着一阵阵的狼嚎，令李振华浑身战栗。几个民兵在庙里点起树根取暖。树根不怎么着火，全是烟，熏得李振华眼泪直流，根本睡不着。没办法，他就起来备课，因为从来没讲过课，就练习着解了几道算术题。直到天快亮时困极了才躺下，但翻来覆去睡不着，想家，一打盹就梦见父母，醒来腮上冰凉，全是泪水。

第一堂课，惊慌失措的他灵机一动，吹响了下课的哨子

天一亮，38个学生全来了，从一年级到五年级，吵吵闹闹的。还有两个中年妇女抱着孩子来看热闹。李振华觉得到点上课了，就对两个中年妇女说："你们走吧，别在这里看热闹了，我要上课了。"可两个妇女却说："我们就是来上课的呀！"这一下李振华可慌了，还有这么大的学生？自己才17岁，这课，可该咋上啊？

他努力使自己镇定下来，使劲吹响了哨子，让孩子们安静下来，然后按班级分坐成几块儿。李振华清了清嗓子喊了一句："同学们，咱们上课了！"

刚开始，课堂还算安静，可没一会儿就乱了套。孩子们乱喊乱叫，甚至还有打架的。哪里是在上课！幸好有那几个抱着孩子的中年妇女帮着维持秩序。可是刚安顿下来，外面看热闹的又起哄了："咳！盼呀盼，好不容易盼来了，却是个南蛮子，说话叽里咕噜的，听不懂，这叫什么事儿呀，纯粹是闹着玩嘛！咳！"

外面一闹，刚刚安顿下来的孩子也里应外合，课堂又乱了。李振华心一急，汗就又下来了。猛地想起书记说的话，拿起哨子一吹，又喊一声："下课了！"孩子们一哄而散。

第一顿饭，他不知道自己吃的是什么

下课了，破庙外面的人却还不散。原来，山里人从来没见过中山装，都扒在窗口看稀罕呢。李振华觉得自己就像是只猴子，关在笼子里被人围观。

好不容易熬到了中午，送饭的来了。

昨天书记对他说过：按传统做法，吃饭由各家轮流管，但你初来乍到，人生地不熟的，就让他们给你送过去吧。第一天送饭的是一位中年妇女，送来了三个卷成卷的黑乎乎的东西和一碗同样黑乎乎的看不出是什么的菜。这是什么饭呢？这黑乎乎的卷着的，里面还有什么？这东西要怎么吃呢？李振华把卷儿打开，越展越大，展开后竟然是一张又大又圆的、极薄的东西，他不知道这是煎饼，也不知道该怎么吃。忽然，窗外传来一阵轰笑，原来那些看热闹的人一直没离开，看见他不会吃，觉得有趣，就大笑起来。李振华赶紧又把展开的东西合起来，张开嘴，狠狠地咬了一口。吃惯了大米饭的他完全没想到这东西如此难以下咽，但他不想再让窗外的人看热闹，只好咬咬牙，吞下一口。剩下的撕成一片儿一片儿的，在碗里的汤水里泡软了，再放进嘴里。还没吃出什么味，一张饼就吃完了。守在旁边的妇女一直笑眯眯地看他吃，还提醒他说："你怎么不吃菜？"他忙抄起筷子，吃了一口，菜也是苦的，不好咽。他赶紧放下筷子说："吃饱了。"中年妇女疑惑地看看他，一边收拾一边说："唉，你们城里人，肚子就是小。"

李振华后来才知道，那卷成卷的，是地瓜面的煎饼，那同样黑乎乎的菜，是地瓜蔓做成的菜豆腐，当地称小豆腐。

送饭的妇女走了，外面看热闹的也散了。李振华强忍着的泪水一下子涌了出来。他太孤独了。语言不通，上课的时候学生们之所以闹，就是因为他们听不懂南京话，他们说像是鸟叫。再加上饭吃不下，觉也睡不好，他觉得这地方根本就不能呆！得赶紧走！这儿与南京的反差实在是太大了。

可是，就在他下定决心要走开始动手收拾东西的时候，却又犹豫了。他想起了自己临走时父母的坚决反对、未婚妻的不理解、同学们的冷嘲热讽……他是不顾一切走出来的，怎么可能什么都没干就半途而废呢？想到这里，他汗都出来了。不行，我不能马上就回去，哪怕是多呆一天呢。李振华暗暗下定了决心：能呆三天不呆两天，能呆五天不呆四天！

就这样，太阳出山，落山，一天过去了；坡前花开，叶落，一年又过去了。

就靠着"多呆一天"的原始而朴素的想法，李振华在韩王村一天天呆了下去，整整过了三年，他才回家看望父母亲。

李振华在山上扎下了根。孩子们离不开他，他也离不开孩子们。乡亲们离不开他，他也离不开乡亲们。而与此同时，一块儿下乡支教的同学都陆续返回了南京。在南京大学的恋人一遍遍催他回去，见他没有回去的意思，一气之下与他断了联系。后来，李振华与当地一位女教师结婚生子，彻底融入了沂源的山区生活。

为了200多个孩子，他牺牲了亲生儿子的前途

转眼就到了1980年。李振华已经是人到中年，儿女成群了。5月的一天，他突然接到电报，得知父亲病重。这时的他已经是一名高中教师，带着4个毕业班的政治课，还当着其中两个班的

班主任。200多个学生面临着高考，正是最紧张的时候，他怎么能离开？尽管校长得知情况后催促他回家,但他还是一拖再拖。

第二封电报来了，父亲病危！学校给他买了火车票，催促他赶紧回家。捧着电报，拿着车票，李振华心如刀绞，百感交集。他离开南京后，家中只有老父母相依为命，眼下老两口都73岁了，父亲长年有病，自己早该回家尽孝。父亲是教师，非常善良，一辈子辛辛苦苦、兢兢业业，对自己也关爱有加。为了让他学习普通话，父亲还专门给他买了半导体收音机，千里迢迢寄过来。通过书信，父亲对他进行教育和指导，手把手地教他如何备课、如何上课、如何辅导学生、如何批改作业。父爱如山。现在父亲病重，他理应回去尽孝，好好伺候父亲。可是，200多个山区孩子面临人生的转折，十年寒窗，为的就是现在的一试身手。如果这时自己离去，将耽误孩子们的一生。回去放心不下，不回去也放心不下。就在他两难之际，200多个学生联名给他写了保证书："亲爱的李老师，你放心地回家吧，我们一定好好复习功课参加高考，考出好成绩。"

捧着孩子们的保证书，李振华流下了眼泪。离高考的日子越来越近了，在最后的冲刺阶段，一个老师的作用有多大，他最清楚。而处于弥留之际的父亲，也肯定最想念远在北方山区的儿子。无论从哪一方面说，他都无法放弃！妻子有病，不能替他到南京照顾父亲。可是如果他顾了父亲，就要撇下山区的孩子。到底该怎么办？万般无奈之际，他决定让二儿子回去替自己尽孝。但二儿子坚决不同意，因为他也面临着高考。平时他成绩不错，很有可能考上大学。况且他早对父亲一心扑在工作上,全部的精力都倾注在别人家的孩子身上的做法心存不满。儿子说，我是你的亲儿子，也同样面临着高考，面临着人生的重要关口，在这个时候，你怎么能让我放弃高考？

李振华此时心里很痛苦,父亲的病和儿子的高考不能兼顾。

他耐心地对儿子说："是呀，你也面临着高考，考上了，就是国家干部，考不上就只能下苦力。可是你想过没有，你与村里的孩子毕竟还不一样。你是城市户口，你考不上，还可以参加招工，而如果他们考不上，就只能一辈子呆在山里了。再说了，你回家替我伺候你爷爷，耽误的是你一个人，如果我回去，耽误的是200多个山里的孩子，他们世世代代在山里，生活贫穷，读书多不容易！他们更需要通过高考改变自己的命运，这道理，你应当懂。"一番话，说得儿子低下了头。尽管一百个不情愿，他还是揣着书本离开了学校。

临行前，李振华悄悄嘱咐二儿子：万一爷爷有什么不好，千万不要让你奶奶知道。你奶奶年纪大了，身体也不好，受不了。

仅仅过了五天，李振华就接到儿子发来的电报：爷爷去世。李振华顿时感到天旋地转。想想父亲从小对自己的疼爱，想想父亲一直对自己工作的支持，而自己在父亲最后的日子里竟然没有回去看他一眼，没为父亲端一杯水、递一片药！李振华觉得非常对不起父亲！他拿了一些印废了的卷子，悄悄来到山后，朝着家乡的方向跪下，一张接一张地烧着纸。他仿佛看到了父亲慈祥的面容。他禁不住一遍又一遍地说："父亲，儿子不孝，您就原谅儿子吧！"

一阵风吹过，山坡上高高低低的植物也似乎与他一起哭泣。李振华觉得有些奇怪，是的，不是植物，是真真切切的哭声，他转回身，惊呆了：村里父老乡亲和两百多学生都来到山后，有的站着，有的跪着，陪着他哭泣。他心中的悲伤立即被深深的感动所取代。是呀，此时正是高考前最后的冲刺，他怎么可以撇下孩子独自悲伤！他站起身，向乡亲们走去。孩子们围过来，一张张小脸上挂着泪水，却不知道怎样安慰自己的老师。村支书说："李老师，请节哀，你要保重身体。你太累了，休息几天吧。"李振华平静了一下，说："大家请回吧。我没事儿，下一节是我的课。我会按时给孩子们上课的。"

当李振华走进教室时，发现孩子们的眼睛都是红红的，讲台上多了一杯水，旁边还放了一张椅子。他明白这是孩子们让他坐着讲课，但他还是坚持站着给学生们上完这一堂课。由于心里很乱，那一堂课他究竟讲了些什么，连自己也不太清楚，但至少他稳定了学生们的情绪。

孩子们顺利地参加了高考，成绩非常好，录取率再次获得全县第一名。当孩子们手捧录取通知书流着热泪向他报喜、背着行李向他告别时，他的二儿子也在流泪：由于回南京伺候爷爷，耽误了复习，他没能考上大学。

李振华在为二百多名山区孩子高兴的同时，也为自己的又一个孩子没考上大学而心痛。

李振华执教52年，教出了一万多名学生，有七千多人考上了大学，走出了大山。可他的三个孩子，却没有一个能上大学的。每当他想到这些，就会默默地流泪，他觉得他这辈子当父亲当得不够格，有太多的遗憾！

女儿姓杨不姓李，坚决不跟爸爸姓

说起自己小时候，女儿兰兰也是一肚子委屈。兰兰印象最深的一次，是她上学的第一天，看到爸爸的办公桌上整整齐齐放着七个铅笔盒，是那种铁皮的，印着好看的画儿。兰兰心想，这七个里头，一定有自己一个。可是，上课了，爸爸把铅笔盒一个个发了下去，铅笔盒都发光了，就是没有自己的。兰兰心里不明白，为什么没有我的？为什么？整整一堂课，她的眼泪不停地流。从那以后，她就开始叫着嚷着要改姓，她要跟着妈妈姓杨，不跟爸爸姓了，说什么也不行，谁也劝不了，最后妈妈被她闹得没办法，只好给女儿改了姓。每当说起这些，李老爸的眼睛里总会泛起泪花，他说他对不起女儿，可那时没有办法啊，僧多粥少，只能先给那些家里最穷的、上不起学的孩子们。

十年中，先后有八个山区的姑娘到南京照顾他病瘫的母亲

老父亲的去世，使老母亲精神受到很大刺激，引发了中风，经抢救虽然保住了命，却留下了半身不遂的后遗症，再也没能站起来。为了让李振华回南京照顾老母，南京有关部门主动出面联系鼓楼中学，为李振华办理了调回南京的手续。李振华觉得已经很对不起老父亲了，不能再让母亲留下遗憾，也同意回南京。

那些天，李振华收拾东西准备回南京时，心里很不是滋味。就要告别朝夕相处了将近三十年的乡亲和孩子们，他很难过；想想瘫在床上的母亲，他又恨不得插上翅膀飞到母亲身边。这种矛盾的心情始终缠绕着他。每天，都有许多乡亲来到他的家，有的放下十几个鸡蛋，有的拿来些土特产，什么也不说，眼红红地站一会儿就走了；有的婉转地说："李老师，你是该回南京照顾你的老母亲了，唉，这么多年了，让你吃了不少苦呀！"也有的直接挽留："李老师，你不能走，你若是走了，我们的孩子可怎么办？"

面对这些，李振华觉得无法面对，更无法回答。

终于到了要走的那天。早晨，当李振华打开房门时，一下子惊呆了：满院子全是乡亲和他的学生，所有人都跪在地上。一个孩子泪汪汪地来到他的面前说："李老师，你不能走，我们离不开你！"

李振华的眼泪再也忍不住了。他赶紧把乡亲们扶起来，流着眼泪说道："我也不愿意离开呀。可是，老母亲病瘫在床，没人照顾，我能怎么办啊！"

这时，一位学生的母亲站起来说道："李老师撇家舍业，为我们培养孩子付出这么多，他确实有难处，我们大家就不能想想办法？我的女儿初中毕业，没考上高中，就叫她去替李老师伺候老母亲。如果大家觉得这个办法行，咱们就轮流值班，有条件的，一家

出一个去照顾李老师的母亲。”大家纷纷点头，都觉得这是个办法，纷纷开始报名。

李振华思来想去也找不到更好的办法，加上乡亲们盛情难却，也只好接受了，只不过他坚持要付工钱。就这样，从1980年到1990年，十年的时间里，先后有八个山区的姑娘来到南京，替李振华照料病瘫在床的老母亲。

1990年秋假，年近花甲的李振华回南京老家，他婉转地对母亲说：“妈，现在我那儿生活条件提高了，老让山区的孩子伺候你也不是长法，我想把你接到山东去，亲自伺候你。”听了这话，母亲很不高兴，说我已经80多了，又是瘫痪之人，不能行动，到山东去做什么？俗话说叶落归根，我这把老骨头就撒在南京了。见母亲不高兴，李振华也没敢再劝。没想到，第二天早晨，母亲的态度来了个180度大转弯，同意跟儿子去山东，说老了就得跟着儿子。母亲突然转变，李振华反倒犹豫了。到底行不行啊？他心里也没底。长途劳顿，水土不服，可不是一件简单的事。他和母亲反复商量，最后决定自己先回家做好准备，然后再来接老人家。

过了一段时间，李振华终于把母亲接到了山东沂源。

那一天，母亲下车的时候，李振华看见她的怀里抱着一个红木头箱子。看见这个箱子，李振华的眼泪一下子就下来了。他知道，箱子里是母亲前几年做好的“老衣裳”。为了支持自己的工作，母亲已经做好了最后的准备。

尽管李振华尽了最大的努力，但北方的干燥和寒冷还是令母亲不能适应。1991年冬天的一个晚上，母亲走了，很安详地走了。李振华的心像被刀割一样，他放声痛哭，内心忍不住自责，后悔不该把母亲接来，是他让母亲过早地离开了人世。看到这个场面，所有人都流泪了。村里的乡亲们用当地最原始的方式，为他的老母亲举行了一个最隆重的葬礼。听老乡说，送葬的那天人可多了，乌压压一大片，得有好几万人。

退休：留给儿女们的“三个一”工程

李振华退休时，是沂源县实验中学的校长。那天，他破天荒地把老伴和三个孩子约到了学校附近的一家小饭馆。吃饭时，李振华从包里掏出三个用报纸包着的东西，说：“我退休了，也没有什么可以留给你们的，这三样东西，你们一人一件吧。”孩子们打开，是一本《红烛》、一盘电视节目录像带《情撒沂蒙》，都是纪录和赞扬李振华几十年如一日对山区人民无私奉献的，还有一份中共沂源县委关于开展向李振华学习的《通知》。孩子们接过礼物，默默无语。女儿兰兰扑通一声跪在了父亲面前，哭着对父亲说：“爸爸，是我不对，我不该改姓，惹您老人家生气。以前年纪小，不懂事，您就原谅您的女儿吧。每当我看到您的那些学生都叫您老爸，都让他们的孩子跟您姓的时候，我的心里可不是滋味了。”

兰兰这一哭，其他孩子们也流下泪来。

李振华赶紧把女儿搀起来：“孩子，都是我不好，没有给你们快乐的童年，幸福的童年，没有给你们锦绣的前程，我不是一个合格的父亲。”说到这儿，李振华哽咽着说不下去了，他的脸上，早已是老泪纵横。

李振华对孩子们苛刻，对自己更是苛刻。他的生活非常简朴，从来都是只穿布鞋，至今还戴着那块已经戴了39年的中山表。而对山区的孩子，李振华则是无私地付出。从工作第一个月开始，他就拿出工资的三分之一资助家庭困难的孩子，加上国务院给他的津贴，到现在他已经捐出了37万元。受到过他资助的孩子超过2000人，由他从幼儿园资助到大学的孩子就有37个。退休后，他把全部积蓄15000元都捐给了他工作过的三个学校，成立了振华教育基金会。在他的努力下，基金会的总资金额已经接近200万元！

为了记住李振华为山区孩子所做的一切，沂源县的老百姓自发捐款，为他立了一座汉白玉的雕像。这座雕像，就矗立在沂源县实验中学的校园里。

感悟与思考

年年岁岁，不变的执著，不改的初衷；日日夜夜，永恒的信念，忘我地付出。悠悠五十载的教书生涯、悠悠五十载的一片痴情，铸就了李振华的崇高教魂。

为响应党的号召，胸怀伟大梦想的李振华毅然选择了到最贫困的山区农村任教。初来乍到，李振华遇到了无法想象的困难，但是他把委屈的泪水都咽到了肚子里。为了恪守一个朴素的信念，李振华在山上扎下了根，把自己的生命融入到了大山中。孩子们离不开他，他也离不开孩子们；乡亲们离不开他，他也离不开乡亲们。为了大山的孩子的教育事业，李振华和他的家人做出了巨大的牺牲。李振华对儿女、对自己苛刻，生活相当简朴，对于山区的孩子却毫无保留地付出。李振华对学生的关爱，对大山父老乡亲的恩情换来了乡亲们的真情回馈。沂源县的群众自发捐款为其立汉白玉的塑像，正是对李老师最崇高的敬意。

朋友，或许你还是在校学生，或许你已为人父母，对于李振华的人生抉择，你是如何看待的？

妈妈教我做好人

她没有多少文化，却恪守并教给儿女做人的道理；她没有豪言壮语，也讲不出大道理，却有着极高的威信，四邻八舍有了家庭矛盾和邻里纠纷都来请她做个了断。

十七年前的一个故事

北圈村是山东省滨州市无棣县渤海湾边一个普通的村子。村里有一户姓张的人家。十七年前，这个村子还是当地有名的贫困村。也难怪，这儿眼前是海水清浅的渤海滩涂，脚下是寸草不生的盐碱地，住的是低矮的草屋，吃的是掺了野菜的窝窝头。可是，就在这样贫穷的村子里，却流传着一个令四邻八乡传为佳话的故事。

那天，路过这村子的人都感到奇怪，因为村北头的大街上设了岗。往来车辆和牲口远远地就被拦住，必须绕道而行。放哨的和村里人经过这里时，都脱掉鞋子，不发出一点儿声响，人们说话也都尽量地压低了嗓音，交流主要是靠打手势。村民们原来养在家中的大小牲畜，也都牵到了村外。

他们为什么这样尽心尽力地保持这一带的安静？是什么大人物来了？或者是在开什么重要的秘密会议？

原来，是因为路旁这儿间与其他农家同样低矮的草屋里，有一个名叫王建英的中年妇女，三天前的午夜突发了心脏病。村民们得知后，都前来看望，五六十个人簇拥着，争着抬担架，浩浩荡荡地把她送往医院。在医院呆了两天，病情越来越重，医生下了病危通知书，又让抬回了家。眼看着王建英命悬一线，家中连“老衣裳”都预备好了。王建英的家人和全村的人都悲痛不已，村民们自发地出来维持这一带的安静，怕打扰她的休息。全村人都祈祷她能转危为安，早日康复。

一个普通的村妇,何以受到全村人如此的尊敬？人们又为什么称她为“活菩萨”？

王建英的丈夫姓张，是个晒盐工。虽说一月有42元的收入，但在改革开放之前的“一大二公”、“穷过渡”时代，得交给生产队22元“买工分”，上有老、下有小，王建英就靠这20块钱操持着全家过日子，生活与左邻右舍一样艰辛，她和孩子们的口粮就是掺了野菜的窝窝头。可她是村里有名的热心肠，不管谁家有了困难，只要到她家说一声，她保准拿钱出来，就是家里没有，她也会跑到别人家里帮着借上钱。王建英有三儿一女，孩子多，生活就更紧张。为了改善生活，她就早起晚睡，蒸了馒头让孩子去卖。那时候干这个还属于“资本主义尾巴”，不敢公开地叫卖，孩子们挎个篼子，放上馒头，再盖块布，然后走到各家各户，问人家要不要馒头。但如果本村和附近村里有人家盖屋，或者是有红白事，她一定叫孩子送上一篼子馒头。孩子们非常不理解，外村的根本都不认识，凭啥给人家送这么多白面馒头？还有，邻居家的孩子来他们家玩儿，王建英必定要给这孩子一个白面馒头。对此，孩子更有意见，因为别看他们卖馒头，但妈妈从来不准他们吃。孩子们说：“咱自家还舍不得吃呢，凭啥给他吃？咱们吃的可都是窝窝头、野菜糊饼子！”她就教育孩子说:“吃窝窝头不照样能吃饱？做人最要紧的是‘为人’，低头不见抬头见的，咱们家卖馒头，人家有事，不送几个馒头说不过去嘛。”她还是村里的“义务调解员”，不论哪儿闹点什么矛盾，也不论谁家婆媳不和、妯娌红脸，只要她去了，没有调解不了的，因为她主持公道，说话在理，威信就高。

由于王建英名声好，她的大儿媳妇，就是亲家母领着闺女亲自找上门来的。她的二儿媳妇也是与大儿媳妇同村的，这不能不说与王建英人品好名声在外有关。

在村里人的祈祷关心和全家人的照料下，病危的王建英居然神奇般地挺了过来，而且越活越硬朗。村人都说，这是好心有好报。

二儿子张荣强：诚信掘得第一桶金

好心有好报的事还在后头。

渤海湾边有个埕口盐场，占地140平方公里。一个接一个的晒盐池一望无际，中间是一座座的盐山。大货车络绎不绝地把盐拉走。盐场还建了专用码头，购买了专用货船，仅一年上缴的税就两三千万元！

这个大盐场的经营者，就是王建英的二儿子张荣强。

1969年12月出生的张荣强，现任山东埕口盐化公司董事长。他是山东省捐资助学先进个人，著名企业家，是有名的儒商。

改革开放之后，王建英的大儿子和二儿子都做起了生意。但是头几桩生意都没挣着什么钱。上世纪90年代中期，二儿子张荣强瞅到了一个风险很大的买卖，就是养殖丰年虫卵。这丰年虫卵是养殖对虾的专用饲料。有着软黄金之称的对虾，好吃、好卖，却难养。小对虾刚孵出来，就得吃活食。那么小的东西能吃下什么呢？丰年虫卵投放下去，小虫虫孵化出来，正好是对虾苗的美餐。所以养殖对虾第一步就得购买丰年虫卵。对虾价格贵，丰年虫卵价格更贵，最贵的时候，这丰年虫卵比黄金还贵呢！

中国人有个习惯，看什么挣钱就都干什么。那些年渤海湾边有许多人养殖和收购倒卖丰年虫卵。干的人一多，有人就开始掺假。当地有一种草种子，与丰年虫卵很相似，有人就掺着卖，草种子就卖了黄金的价。有了带头的，大家就一哄而上跟着学，最火爆的时候，卖假虫卵的竟然达到80%！这可把养殖对虾的坑惨了，养殖对虾是高投资高风险高回报的产业，就因为第一个环节出了问题，买了假的丰年虫卵，整池子的虾苗全死光了。血本无归，还贷无望，上当的人跳海的心都有了。于是，埕口这一带的丰年虫卵就“臭了名声”，没人敢要了。造假的把不造假的害苦了，真虫卵也卖不出去了。面对积压的丰年虫卵，农民们欲哭无泪。张荣强就把当地积压的丰年虫卵收购起来，注册了个“金山”商标，然后带着产品来到广东沿海，一家一家地向养殖对虾专业户推销。一听说他是山东无棣来的，人家都不敢要。张荣强说：“我这货保证是真的。这样好不好？钱我先不收，货你用，如果是假的你不给我钱，如果用着好，给钱不给钱也随便你，给多少我就收多少，不给我也不催。咱们也不用记账，好不好？”对方见他态度诚恳，就收下了。过后一用，知道全是优质品，绝大多数客户都把钱给他汇了过来。张荣强不但挣得了第一桶金，而且金山牌丰年虫卵还在东南沿海出了名。养殖专业户只认金山牌，甚至连东南亚各国的对虾养殖大户也只认金山牌虫卵。张荣强的买卖越做越大，终于惊动了世界上最大的做丰年虫卵生意的垄断商人。这位比利时商人感受到了这个来自中国的农民的威胁，他一连数次跑到山东无棣的渤海湾边，找到张荣强，提出收购“金山”这个商标。几经谈判，最后以巨额成交。2004年8月，通过竞拍，张荣强用这些钱收购了濒于破产的埕口盐厂，他把盐业、化工、养殖等结合起来，科学管理科学经营，短时间内就使盐厂起死回生，产量效益翻番，工人的收入成倍地往上涨。

张荣强身价过亿，张家也成了当地首富。但是，成为亿万富翁的张荣强一点儿也没有大老板的架子。他非常朴实，平易近人。他每天与员工一起在职工食堂吃饭，穿的和用的也很朴素。他说：“虽然我掌管着很大的一部分资产，但这并不是完全通过我个人的劳动所得，更重要的是依仗着国家改革开放的好政策，依仗着富民政策的大气候带动。这部分资产是属于社会的，不是某个人的。我不过是个管理者，我得为国家负责，为社会负责，为职工负责。”因此，他的经营理念就是：对国家诚信，对社会诚信，对员工诚信。

在及时足额交税之后，张荣强还热心于社会公益事业。为村里修路、盖学校、建老年人活动中心，他一共捐出480万元。他还资助着

50多个大学生。至于帮助的乡里乡亲，那就更无法统计了。不管谁家有难，就算没向他们家求助，这家人知道了也一定会把钱送去。有户人家的孩子考上学却交不起学费，只好打算退学，谁知开学时学校却通知他去上课，一打听才知道，是张家替他们把一万多元的学费交上了。

张荣强说，这是妈妈教育他的。妈妈经常说，有一家穷亲戚，你不算富。有十家富亲戚，你不算穷。妈妈还说，挣了钱，万儿八千是自己的，十万八万是集体的，再多就是国家的了。

如果我们的企业家都有这样的境界，国家何愁不富？

大儿子张荣安：从那以后我再也不偷吃馒头了

大儿子张荣安（158页图左1）现在是比利时丰年虫卵垄断商在无棣的代理。他说："合同上规定，转让出'金山'商标后，我们三年内不得从事这个行业。由于我们值得依赖，对方委托我们替他经营这一块。现在咱们经营得挺好，人家也挺满意。"

说来说去，还是一个"诚信"。

张荣安从小就是调皮鬼。上学时家里穷，他竟然光着屁股就到了学校，被老师赶回家穿了条裤子才准他进教室。有一次他偷了母亲5分钱，买了2分钱的葱（当地盐碱地不长葱，葱被当做水果吃），被母亲得知后，教训了一顿。张荣安小学毕业就没再上学，帮着妈妈挣钱养家，做过好几种买卖。从十三岁开始，他就领着弟弟张荣强卖馒头。卖一天馒头很辛苦，回家路上，他就拿出一个卖剩下的馒头掰开，自己和弟弟一人一半。弟弟不吃，他就狼吞虎咽地把弟弟的那一半也吃下肚。他的理论是，不吃白不吃，再说馒头拿回家，妈妈又从来不让他们吃，而是送给邻居的孩子。他说，18岁之前，除了偷吃，他从来没吃过白面馒头。

也不知道妈妈是否察觉，反正妈妈从来没揭穿过他这点小秘密。

一天夜里，他起来小便，发现满屋里是水蒸气，雾气腾腾的。原来妈妈要蒸一通宵的馒头，好让他们兄弟两个趁星期天多卖点儿。他看到满屋里白花花的一片，到处都是蒸熟的馒头，屋子里弥漫着香味，而浑身是汗的妈妈正费力地啃着一块凉糊饼子，咬一口，嚼好长时间，喝一口水冲下去。这糊饼子是用玉米面加上野菜做的，又苦又涩，相比之下，刚出锅的馒头就是山珍海味。他惊呆了，眼角不知不觉流出了泪水。他悄悄地回到床上，彻夜未眠。

从此，他再也没偷吃过馒头，再也没偷花过一分钱。

小儿子张荣涛破冰救人，夫妻双双立功；近两辈男人中，至少救起过六条人命

1994年，王建英的小儿子张荣涛毕业后面临就业。打虎亲兄弟，上阵父子兵。哥哥们提出让他在自家的企业里干，学着管管财务什么的，给他配一辆高级轿车，工资8000元。两个哥哥有这样的想法是很自然的。可是张荣涛却说想当兵。张荣强和张荣安是明白人，并没有阻拦弟弟，支持了弟弟的选择。于是，弟弟走进了军营，走上了舰艇，成为一名光荣的海军军官，后来与女军官孙明燕喜结良缘。2006年，小两口带着刚满周岁的女儿回到老家过节。正月十二那天，他们一家三口开着车去走亲戚。当时天寒地冻，路上满是积雪。突然，他们发现路边河里的冰面上有一片塌陷，一辆农用车翻在冰水里，车上的人正在冰水中挣扎。夫妻俩立刻停下车，顾不上照顾因惊吓而哭啼不止的女儿，破冰下水，冒着生命危险，一连救起三人，把他们送到医院，替他们交上押金，直到确定落水人无生命危险才开车回家。做了这样的事，他们觉得很应该，并没有声张。后来，被救者打听到了救人的是军人，感谢信送进军营，部队首长才得知此事，小两口双双立功。这事后来还上了《人民日报》，占了好大的篇幅。当地报纸更是连登了好几个头版，都

是带巨幅照片的大块文章。

当我们走进这个家庭后，才惊讶地发现，这个家庭的感人故事还有很多很多！仅仅在这两辈的四个成年男人中，竟然就救过至少六条人命！王建英的丈夫，当年在盐场上班时，有一次碰上一起车祸，肇事车辆逃逸，两个伤者浑身是血。他二话不说，拦

住一辆三轮车把两个伤员送到医院，并且替他们挂号，找大夫进行抢救。伤员的家属听到消息后赶到医院，也不论青红皂白，揪住他就打，后来得知打错了，又连连赔礼道歉，而他却一点也不气不火，只为伤员转危为安而高兴。在改革开放之前，张荣安到东北做买卖，在路上遇到一辆惊了马的马车，车把式由于缰绳缠在手腕上而被拖倒，眼看就要被车轮碾压过去，危急之时张荣安一个箭步跨上前，死死地抱住惊马的脖子，大车停住了，浑身是血的车把式顾不得看自己的伤口，一下子就朝张荣安跪下了，连叫救命恩人。他说，若不是惊马被拦住，他搭上命不说，还不知要伤害到多少人！他要给张荣安钱表示感谢，被张荣安婉拒了。

采访结束后，盐场的司机在送记者回济南的路上说，就在前不久，张荣强到广州谈业务时偶感不适，到医院就诊，看到一个外地人因钱不够而急得哭。他问明情况，当场就掏出2000元钱给他住院。那人感激不尽，一定要问他叫什么名字，张荣强说，你知道我是山东人就行了。

2006年6月，王建英被评为全省十大优秀母亲。看看她的几个孩子，她当之无愧。

感悟与思考

母爱是世间最伟大的力量，再多的金钱也不能代替母亲给儿女的爱。没有接受过多少教育的王建英，用生活中的一言一行感化了自己的子女，以实际行动教给了他们做人的道理，在平凡之中孕育着伟大。

王建英生活朴实、为人正直、富有同情心，赢得了乡亲们的信任和关爱。作为一个母亲，王建英以自己的一言一行，教导子女如何为人处事。“有一家穷亲戚，你不算富。有十家富亲戚，你不算穷。……挣了钱，万儿八千是自己的，十万八万是集体的，再多就是国家的了。”朴实无华的话语透露出王建英不平凡的人生态度。做好事，不留名，不声张，仗义疏财，扶贫济困，成为王建英一家人的真实写照。

季羡林老先生曾这样表达对母亲的感情：“世界上无论什么名誉，什么地位，什么幸福，什么尊荣，都比不上呆在母亲身边，即使她一字也不识……”母爱是人世间最无私、仁慈、宽容、伟大的爱。朋友，在你学习和工作之余，是否能够暂时停下匆忙的脚步，去回想和感悟母亲在日常生活中对自己的影响呢？又是怎样报答母亲赐予你的这份厚重的“人生哲学”呢？

母爱让浪子回头

在山西太原，提起韩雅琴，无人不知，无人不晓。

今年72岁的韩雅琴有三大怪，一是她自己儿女双全、子孙满堂，却从1983年开始，又陆续"收养"了158个孩子，而且这些孩子都叫她妈，对她都特别亲，特别依赖；二是她的孩子们多大年龄的都有，最大的一个儿子甚至比她还大一岁；三是她的这些孩子绝大多数是刑满释放人员和各类问题少年。

这到底是怎么回事？她为什么要收留这些人？

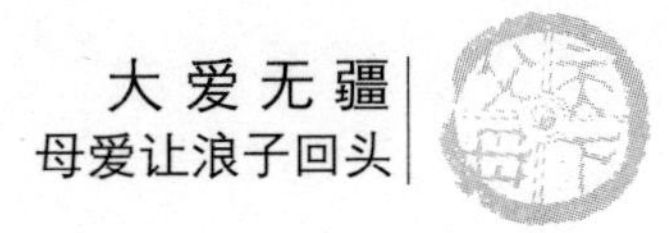

你如果不收留我们，我们就去砸银行，再“进去”

韩雅琴原本是个工人。1983年，由于单位效益差，年近五十岁的她被下岗分流了。本来像她这样的年纪可以在家享清福了，可她却不愿意在家吃闲饭，于是筹集了一点资金，与几个下岗女工一起开了一家小餐馆。在她的辛勤经营和管理下，小餐馆的生意还挺红火。

有一阵子，韩雅琴发现有几个十五六岁的孩子一连几天都到小餐馆蹭剩饭吃，她就叫厨师把剩下的老豆腐分给了这些孩子。孩子们狼吞虎咽地吃完后便跑开了。可是没想到到了下午这四个孩子又跑来了，而且直接跑进了厨房帮着择菜刷碗。韩雅琴赶忙把他们往外赶，几个孩子却说什么都不肯走，还非要留在餐馆里工作。韩雅琴觉得奇怪，便仔细询问起几个孩子的情况。原来，这四个孩子中最大的一个十九岁，其他的三个孩子都才十四五岁，因为父母离异，在家受到继母的虐待所以就跑了出来。四个人一起挤在火车站的水泥管子里，无家可归。韩雅琴听了，心里觉得酸酸的。所以第三天这几个孩子又来时，韩雅琴便把他们叫到屋里，给他们摆上一桌饭菜，一边让他们放开吃，一边和颜悦色地劝他们回家好好读书。可是这些孩子却突然齐刷刷地跪在地上，苦苦哀求着要认韩雅琴做妈。韩雅琴大吃一惊，完全没想到孩子们会提出这个要求。见韩雅琴不答应，孩子们流着泪说，如果韩妈妈不收留他们，他们就去砸银行的玻璃。韩雅琴一听，马上生气了：“你们这四个秃小子，到底从哪儿来的？”这四个孩子这才说出实情：原来他们都是从少年管教所出来的，家里容不下他们，社会也不认可他们，他们实在是走投无路了，才想到这个办法。孩子们哭着哀求说：“妈，您收下我们吧，我们再也不犯罪了！”

韩雅琴十分为难。她开这个小店，为的是解决自己的“再就业”，根本没有扩大规模的想法，留下这么多孩子怎么安置？再说，自己有儿有女的，突然收养这样一群“问题孩子”，家人会怎么看？社会上的人会怎么看？而且这些孩子一个个都是刺儿头，万一管不好，饭店办砸了事小，惹出点刑事案什么的，可就麻烦了。可是如果不收留这群有前科的半大小子，万一他们真的去砸银行，那可就不是进少管所，而是要进劳改队了，他们这一辈子可就毁了。作为一个母亲，韩雅琴实在不忍心看着这几个孩子流落街头。最终，母爱的力量占了上风。韩雅琴暗暗叹了一口气：唉，就当这些孩子是自己养的吧。于是，韩雅琴把四个孩子揽在了怀里说：“既然你们没有家了，那你们就留下吧。”

韩雅琴给孩子们约法三章，分配他们在店前店后做不同的工作，这就是她收留的第一批孩子。后来收留的孩子多了，记不过来名字来就干脆给孩子们编上号。1号儿子王岳虎就是这“四个秃小子”中的一个。

俗话说，“善门好开，善门难关”。一传十，十传百，韩雅琴从此一发不可收。23年来，投奔到她这里做儿女的，竟然达到158个。

这些孩子，挨过我打的有百分之八九十

收养这样一批孩子，管理的难度可想而知。既然是妈妈，韩雅琴对他们就免不了家长式的管理。她说，实在气极了，她也会打孩子，而且挨过她打的孩子竟然占到了百分之八九十。

还是说说1号儿子王岳虎。

韩雅琴筹集了2000元的学费，把王岳虎送到了烹调技术学习班学习。办完了孩子的事后，她又到税务局交足了当月的税

款。可是回到办公室一看，王岳虎竟然早回来了，正翘着二郎腿，在办公室晃荡呢。韩雅琴一看就火了！为了让他学点技术，自己舍着老脸跑了好几家才借来2000块钱，可这孩子根本不当回事。恰巧窗户上插着把鸡毛掸子，韩雅琴拿过鸡毛掸子，狠狠地抽了王岳虎几下。这一抽，王岳虎哭了，她也哭了："妈妈打你，是为了让你记住这个教训，珍惜这次学习机会，妈妈借到这俩钱不容易！你现在不学点技术，以后你靠什么自立，靠什么娶媳妇养家糊口？"王岳虎跪在地上，流着泪说："妈妈，我错了，我一定听话，我这就回去，好好学技术！"

王岳虎这顿打没有白挨。他很要强，说到做到，学得很努力。他毕业时恰好太原市搞烹调比赛，韩雅琴就派他去参赛，结果王岳虎扛回块"服务明星"的奖牌，韩雅琴很高兴。

68号儿子李海峰：妈妈使我变废为宝

68号儿子李海峰的情况有些特殊。因为他是有父母的，而且亲生父母也没有离异，不符合韩雅琴的收养条件。可他在韩雅琴这儿软磨硬泡，告诉韩雅琴他的父母不要他了。韩雅琴便亲自上门做他父母的工作，可是李海峰的父母却拒绝认这个儿子。最终，韩雅琴只好破格收下了李海峰。

李海峰个性强，爱好研究，特别是喜欢搞点小创意，有思想也有想法。出狱后他想实现自己的抱负，便向父母要一两千块钱做启动资金。以他父母的经济实力，拿出这点钱实在是容易得很。可父母亲因为他的入狱伤透了心，认定了这个儿子不成器，要了钱去肯定又是干坏事，不但不给他钱，还挖苦他说："你还想实现人生的价值？你有什么价值存在？你把我们

全家人的脸都丢光了，你的本事就是杀人放火！”自尊心本来就强的李海峰备受打击，只好来投奔韩雅琴。别人都叫韩妈妈，他不，他就叫妈妈。当他对韩雅琴谈起要利用废旧易拉罐搞工艺品的创意后，韩雅琴立刻表示支持。她说：“家里现在没钱，等有钱的时候，我一定会支持你的。”过了不久，韩雅琴应邀到广州作报告，离开广州时，广州司法厅的领导对她一再表示感谢，并拿出3000元钱让她买身好衣服。韩雅琴说：“衣服我就不要了，钱我留下。因为我有个儿子要搞个创意，这钱就算是你们支持我儿子的启动资金吧。”回到家，韩雅琴马上把这个鼓鼓的信封交给了李海峰。看着这3000块钱，李海峰的泪水夺眶而出。在入狱之前，他的家庭条件好，总是花钱如流水，两万三万的从来不放在眼里。可韩雅琴给他的这3000元钱，却让他感到了暖融融的母爱和沉甸甸的情意，这是妈妈对他的信任。如果没有韩雅琴，处处碰壁的他，很可能再次干出危害社会的事。

利用这3000块钱的启动资金，李海峰用废旧的易拉罐制作出各种工艺品，很受社会的欢迎，好几家媒体对他进行了报道。而且，在韩雅琴的反复劝导下，他的亲生父母最终认可了这个儿子。李海峰说，为了报答妈妈对我的爱和呵护，我永远会警钟长鸣，好好做人，走好人生的每一步！

“儿子”比妈大一岁

收留严振国的经历，最为奇特。

那天韩雅琴正在家中休息，突然跑进一个人，扑通一下跪在韩雅琴的面前，双手高高举着的释放证把脸挡得严严实实：“妈！收下我这个儿子吧！我在狱中就听说您心眼儿好，是我们这些人的活菩萨，求您一定要开开恩，收下我。”

“你先起来，别跪着说话，新社会了，不兴下跪。坐沙发上说话。”

“不，你要是不收孩儿做儿子，我就不起来。”

“好吧，那我就收下你，起来吧。”

“妈！我的亲妈！”

“哎！快起来吧。”

“孩儿还有两个要求。妈答应了孩儿才起来。”

“说吧。”

“一是请妈给孩儿落上户口，二是请妈给孩儿找份工作。”

一口一个孩儿，韩雅琴就答应了。可是等那人把挡着脸的释放证拿开时，韩雅琴吃了一惊，这个人胡子拉碴的，满脸皱纹，根本就是个老人嘛！她赶紧问：“咳，你到底多大了？”

“妈，孩儿67岁了。”

韩雅琴一听，这人比自己还大一岁呢，这算什么事儿呀！可是既然已经说好了要收留她，就不能反悔了。韩雅琴想了想，对他说：“算了，你别叫我妈了，叫我姐吧。”

可是严振国却认真地说：“妈，这可不行。叫妈和叫姐不一样。有妈就有家，有家就有爱。有妈孩儿心里头踏实，妈能给孩儿遮风挡雨。”

严振国的一席话，令韩雅琴十分感动：“那你就叫吧。”

原来，严振国16岁就进了监狱，由于所犯罪行严重，他在监狱里整整呆了51年！

特殊大家庭

韩雅琴有儿有女，有媳妇有孙子，又收留这么多的特殊儿女，这一大家子如何相处？

韩雅琴说，她对所有的孩子一视同仁，从不因为收养的孩子的特殊经历而歧视他们。全家人同吃、同住、同劳动、同学习。她要求所有的孩子必须和睦相处，亲生儿女更不能歧视这些收养的孩子。如果有人做了错事，不论是亲生的还是收养的，同样都要受到批评。她甚至还处处护着收养的孩子。有一天，亲生的小儿子向她要两元钱买烟，韩雅琴没有给他。恰巧一个刚被收留的儿子也向她要钱买烟抽，她二话没说就掏出五元钱给了他。亲生儿子觉得心理不平衡了，好一阵扭不过弯来。而韩雅琴却自有她的道理。她说："我的亲生儿子有工作，有收入，还跟我要钱买烟抽，这钱我能给吗？刚进来的孩子身上没有钱，如果不给他，万一他一时想不开再去偷怎么办？"

韩雅琴对这些孩子的爱，使这些孩子感受到了久违的母爱，感受到了久违的家的温暖。他们争着与妈妈亲近。在上工的路上，孩子们都愿意靠韩妈妈近一些，而那些腼腆的、靠不到韩妈妈身边的，就一脸的不高兴，把嘴撅得老高。韩雅琴就把身边围着的孩子赶开，让那几个靠不到近前的孩子过来，挨个摸摸他们的脸，拉拉他们的手，这些孩子就高兴得不得了。

孩子们拿她当亲妈妈，她也拿孩子们当亲孩子，不但安排工作，规划人生，到了年纪，还一个个给他们买上房子，说上媳妇。由于孩子多，家里每年都会举行集体婚礼。孩子们则把每年的母亲节当做韩妈妈的生日，为韩妈妈点上生日蜡烛，隆重庆祝。这让韩雅琴十分欣慰。

一场突如其来的危机

然而，韩雅琴对于这个特殊的群体，又必须随时保持警惕。如果她在外面受了什么委屈，遇上什么不顺心的事，回家是绝对不敢表现出来的。万一让这些孩子知道他们的韩妈妈受了欺负，他们马上就会火冒三丈："谁要敢欺负我老妈，那就得拉出来遛遛！"

这些孩子，个个不是省油的灯，平时就让韩雅琴操碎了心，遇上大事，更是丝毫不敢马虎。

2002年，太原市进行市容整治，此时韩雅琴的企业已经做得很大，饭店、农场，在城区和郊区加起来也有了十几个，安置的都是她的这些孩了们。根据规划，韩雅琴在城区的企业有十个要被拆除，直接经济损失达三百二十多万元，同时还牵扯到许多孩子的工作安置。韩雅琴当时心里也很难受，毕竟每个企业都是她的心血。但她识大体顾大局，不但积极配合政府工作，还帮着有关部门做孩子们的工作。很快，她在城区的十家企业顺利拆掉了九个，韩雅琴松了一口气。这时他的大儿子因为糖尿病住院，病情严重，捎信来说想吃水饺，韩雅琴就在家里张罗。水饺快包好的时候，小孙子慌慌张张地跑来说："奶奶，奶奶！那些叔叔们弄了好多瓶子，还有镐头铁锨什么的，不知道要干什么，你快去看看吧！"

原来，拆迁队没和她打招呼，就要去拆她的"丽丽饺子馆"。附近有个老太太说了句："哎呀，把这个饺子馆给拆了，这些孩子上哪儿干活吃饭去？"有个拆迁干部说话不太注意，大大咧咧地说："什么？劳改犯还想要份工作？好多下岗工人都还没有工作呢！"这句话一下把这些本来就因为拆迁窝着火的孩子们激怒了。他们把铁镐、锨、锹都拿了出来，还预备了几十瓶汽油弹，要与拆迁队拼命。

韩雅琴赶紧去给孩子们消火，她拼命阻止孩子们。但孩子们正在气头上，什么都听不进去，依旧气势汹汹地往外跑。韩雅琴在后面追着他们，一不小心被井盖绊倒了，膝盖骨也被磕碎了。她顾不

得钻心的疼痛，大声喊："你们要是不听话，以后就别再叫我妈！"

这一嗓子喊到了孩子们的软肋上。无论如何，他们都不能失去韩妈妈，不能失去韩妈妈的爱。

有的孩子逐渐冷静下来了，开始帮着韩妈妈做工作，一场差点酿成大祸的危机得以化解。而第二天，当韩雅琴拖着伤腿去看大儿子时，大儿子已经不能下咽，她含着泪把饺子嚼碎，一口口喂到儿子嘴里。

警察儿子常常偷偷为妈妈站岗放哨

巧的是，韩雅琴的二儿子王辉是位人民警察。王警官原来在部队服役，转业后当了警察。因为工作的关系，使他对犯罪群体有着更多的了解。一方面他非常理解和支持妈妈的工作，另一方面他又为妈妈担心。于是，他出警回来，常常要在妈妈的房子附近绕几圈，有时甚至还悄悄地守候一晚上。王警官说，这些人的心理是比较特殊的，特别是刚刚回归社会的时候，可能心理还处在一个不稳定期。

对于自己所做的一切，韩雅琴并没有多少高深的道理，她只是平淡地说："凡是来投奔我的人，都是失去了父母的爱、失去了家庭的温暖、无家可归的人。如果没有困难，他认个妈干什么呢？所以我跟我儿子说，你不用担心妈妈，妈妈用母亲的这颗心去暖他们，暖过来一个，就减少一颗定时炸弹，就减少一份对社会的不安定因素。他就是一堆泥，我也要把他捏成人儿，让他学好！"

感悟与思考

不是所有的花季都是阳光灿烂，不是所有的小苗都会成为参天大树。生活中总会有一些意外，所以总会有一些花季没有阳光，总会有一些小苗长得歪歪斜斜。在韩雅琴的鼓励下，在她不计回报的付出中，在她正直勤劳的生活态度的感化下，这些生活在社会边缘的孩子们重新找回了生命的尊严，找到了生活的方向，更体味到了母爱的芬芳。她用自己无私的关爱为158个生命重新扬起了生命的风帆，用自己的勤劳和智慧为158个生命找到了生存的价值和尊严。如果我们每个人都能收回自己歧视的眼光，关爱身边每一个人，所有的生命都会绽放出各自灿烂的生命之花！

母爱
情系红丝带

艾滋病，一个令人谈之色变的名词。尽管媒体已经进行了很多科普宣传，尽管包括濮存昕在内的明星爱心大使号召大家关爱艾滋病患者，可真正敢于与他们交往的又有几人？有一位年轻的女士，却毅然决然地向他们伸出了关爱的手……

富姐

她是一个成功的商人，也是一位年轻的母亲。一次偶然的机会，使她成为300多个艾滋孤儿的“妈妈”。

她叫张颖。

张颖1969年出生于安徽阜阳，大学毕业后又在北京外交学院学了3年外语。拥有高学历的她并没有按一般人的思维去做学问或是做高级白领，而是回到老家阜阳开了当地第一家运动服装品牌专卖店，年收入两三百万元。之后她又在阜阳经营酒店、咖啡馆等多种生意。西餐厅、快餐店、咖啡屋，都是阜阳第一家，生意也都很红火。张颖成为当地有名的百万富姐。

震撼

2003年11月的一天，张颖受市长之托陪同美国汉普郡大学的社会学家肯·约翰逊了解阜阳孤儿的情况。万万没有想到的是，她的生活重心从此发生了改变。

张颖记得，那天的天气特别阴冷，她一天内走了三个地方，从公办的福利院、私人的孤儿院，再到艾滋孤儿家庭，每一处都让她触目惊心。

阜阳市福利院里，偌大的房间空空荡荡，除了床什么都没有，屋内冰冷异常，一个个天生残疾的孩子冻得涕泪俱下，小脸上脏兮兮的。

到颍上县孤儿院时正是中午，孩子们在吃饭。一大锅面条，一人一碗，孩子们排着队自己去盛，没有桌子，没有菜。孩子们说，一个冬天都吃不着一次肉。

最令张颖心酸的是傍晚时分，一个患艾滋病的小女孩出现在张颖面前。她头发乱乱的，满脸都是疮，耳朵流脓，一声不吭地站在那儿。问她话，她回答的声音极低，而且头几乎低得贴到地面。张颖根本听不清她说的是什么。

这个小女孩叫楠楠（化名）。2000年夏天，楠楠的爸爸死于艾滋病。半年之后，妈妈也因为艾滋病离开了这个世界。那时候楠楠只有9岁。过完春节，姐姐也不知道去哪了，只剩下楠楠和65岁的奶奶相依为命。世界仿佛在楠楠面前黯淡下来。苦难和自卑彻底击碎了她生活的希望。此刻的她已进入发病期，她也很清楚自己活不了多久了。她唯一盼望的就是赶快离开这个世界，去与爸爸妈妈“团聚”，所以她不愿意与任何人交谈。

她已经12岁了？张颖吃惊地看着楠楠。发育不良的楠楠看上去顶多八九岁。

初为人母的张颖对楠楠产生了强烈的同情。

张颖的人生是幸福的，她一直是在母亲的关怀下成长的，深知母爱对于一个成长中的孩子意味着什么。睡梦中醒来的她总是看到母亲还在灯下为她和弟弟妹妹们织毛衣。早上，当她起床后，母亲早已为他们做好了饭菜。她曾经想过母亲为什么会这样无私地付出。而当她也成为母亲后，一下子就理解了母亲，理解了母爱。那是一种本能，甚至是一种需要。孩子离不开母亲，母亲也离不开孩子。将心比心，她竟然由艾滋孤儿想到了自己的儿子：“突然有一天父母都不在了，自己也得了这种病，别人不理他了，学校也不让他上学了。这个时候孩子的感受是很可怕的。”一种恐惧使她不寒而栗。她不敢再想下去。

救助

张颖不清楚已经处于发病期的楠楠还能活多久。她只是知道如果再不带楠楠去北京看病，楠楠肯定是没有救了。

虽然马上就要过春节了，张颖还是带楠楠去了北京。可是国内没有专门针对儿童的艾滋病抗病毒药。张颖通过美国汉普郡大学的肯·约翰逊，为楠楠申请到了一份儿童服用的抗病毒药。

楠楠成为第一个艾滋孤儿受助者。张颖三次带她进京看病，还从美国买来药，每两个月换一次，一次需要5万元，一年就需30万元。现在楠楠的病情有了很大的改观，情绪也好多了。她在写给张颖的信中说：妈妈，我现在很快乐，感觉自己一定能治好。

除了楠楠，张颖还牵挂着其他许多的艾滋孤儿。她在给楠楠治病的同时，还抽时间约了几个朋友，带上肉、副食品和衣服等生活学习用品，去看望孤儿院和福利院的孩子们。朋友们也被深深地震撼了。为了更长久更有效地救助这些孩子，张颖和朋友们商量成立一个专门帮助艾滋孤儿的救助协会。在筹办过程中，张颖被推举为会长。

阜阳市艾滋病贫困儿童救助协会是安徽省首个，也是目前唯一一个救助艾滋孤儿的民间团体。2004年初成立至今，该协会已发展了8家会员单位，有近百名爱心人士成为会员。

协会刚成立时，由于经济状况不好，张颖便将协会办公室放在自己的咖啡屋内。节假日和星期天，咖啡屋还成了协会救助的艾滋孤儿们的活动室。现在每个月，张颖要承担近万元的咖啡屋场地租赁费。

这只是她金钱付出的一小部分。从楠楠开始，到现在张颖已资助了300多个艾滋孤儿，他们的生活、医疗、上学等费用全由张颖承担。

两难

其实，金钱仅仅是张颖所付出的一部分。有钱的人不少，为什么其他人没做这事儿？也许，爱心才是张颖最重要的付出。

爱心也是艾滋孤儿最需要的。

许多艾滋孤儿失去父母后，非常渴望别人的关怀。张颖说，在救助艾滋孤儿的过程中，最大的困难就是社会的歧视——由于对艾滋病的无知而恐惧，由恐惧而歧视。这些孩子们最大的心理阴影也是由于社会歧视所造成的，所以张颖就特别注重用爱心去呵护这些孤儿，让他们感受到爱，感受到母爱。她尽量抽时间和孩子们在一起，有时工作太忙抽不开身，就打电话问候。她不仅能叫上每一个孩子的名字，还熟悉他们的基本情况。2005 年的 8 月，她还带着十几个孩子到北京爬长城。当孩子们在尽情玩乐时，她却已累得憔悴不堪。

张颖的丈夫在北京发展，他们的小家也设在北京。一直在阜阳经营生意的张颖，频繁地奔波于北京与阜阳两地。自从投身于这项事业以后，她对生意方面的事管得越来越少，大部分时间都用于救

助艾滋孤儿。为了专心做好协会的事，张颖将仅一岁半的儿子交给老母亲照料。作为母亲，她说她很愧疚，但是为了更多的艾滋孤儿，她又不得不如此。

张颖还对丈夫充满愧疚。有次，张颖要带着一批孩子到北京检查。事先她打电话给丈夫，叫他帮忙在北京联系好孩子们的住处。丈夫在电话中嘱咐她一定带儿子来，他已经很长时间没见儿子了，想得厉害。张颖随口答应着，心里却在想着为孩子们买火车票和其他注意事项。事有不巧，临行时妈妈突然病倒了。医生说病情比较严重，最好送医院。张颖左右为难。如果送妈妈去医院就误了火车，不送吧又怕妈妈出问题。妈妈看出女儿的为难，安慰她："你去吧，我没事儿。"说着，妈妈让医生给她挂上吊瓶，催促张颖快走。妈妈对于女儿救助艾滋孤儿的事情非常支持。张颖含着泪告别妈妈。

回到家，张颖叫保姆把孩子抱到里间，然后急匆匆走出家门，可是却发现自己只给孩子们带了衣服和路上吃的东西，忘了拎自己的行李包。再返回去拎时，保姆与孩子正在客厅玩。儿子已经懂事了，一见妈妈拎包就知道妈妈要走，哭着要跟着走。时间紧急，已经容不得张颖耐下心哄一哄儿子，她匆匆亲一下儿子，把儿子塞到保姆怀里，就跑下了楼，任儿子的哭声在楼道里回荡。

孩子们大都是第一次出门，上了火车，张颖得一个一个把他们安顿好。火车开出大半个小时，她才猛然想起自己的儿子，急忙打电话询问情况。小保姆说，儿子见她走了，哭闹不止，她只好抱他出门"追赶妈妈"，此刻她正抱着孩子坐着出租车在阜阳街上转呢。张颖心头涌起一阵酸楚。

更大的风暴在北京等着她。

下车，住宿，吃饭，到医院，孩子们都需要她一个一个地照料，直到第二天，她才想起给丈夫打个电话。电话里，丈夫气不打一处来。丈夫怪她到了北京不但见不着人，而且也不给他打电话，怪她没带儿子来，还怪她又另找了宾馆却不及时告诉他，害得他托人为孩子们找的宾馆空了一夜。

面对丈夫的指责，张颖真的无言以对。她也说不清楚艾滋孤儿为什么在她心中占了这么重要的地位，以至于她置母亲、儿子和丈夫于不顾。是自己缺乏爱吗？不！她爱母亲，牵挂着母亲的病情，每天打电话询问，并安排人照顾母亲；她爱自己的宝贝儿子，儿子的哭声至今还回荡在她心中，特别是她打回电话，儿子居然发脾气不接，还说“妈妈不要我了”，这话像刀子一样剜她的心；她爱丈夫，丈夫一表人才，对自己非常体贴，包括自己救助艾滋孤儿的事，许多人不理解，丈夫却给予了最大的支持，还帮助自己做了许多工作。丈夫想儿子没有错，想自己更没有错，那么，难道是自己错了吗？

扑进丈夫怀里，张颖委屈的泪水像断了线的珠子一样流下来。最后还是丈夫抚平了她受伤的心。丈夫说：“我知道，你是好心。我这也是想孩子、想你，着急嘛！”

妈妈

张颖的生活彻底被改变了。她人生的天平倾向了艾滋孤儿一边。大多数时间，她不是跑生意而是每天奔走在阜阳各个村庄的泥土路上，为孩子寻找合适的寄养家庭（孩子在温暖的家庭环境中成长心理比较健康），去看望那些孩子，拜访那些寄养艾滋孤儿的家庭，给他们送慰问金、奶粉、衣服、书本。走乡串村有时并不能得到村民的理解和感激，有些村民甚至认为她是政府派来的，缠住她无休止地向她要钱，弄得她哭笑不得。

张颖与小俊的故事是从一个电话开始的。有一天，张颖突然接到一个电话，说：我们这儿又有一个艾滋病儿童，我把你的电话给他大伯了，他大伯可能呆会儿会给你打电话。这个电话刚刚撂下，孩子的大伯就打来电话了："你是张会长吗？我们这里有个小孩有艾滋病，现在很厉害。"张颖问他们在哪儿？回答说是在医院门口呢。张颖以最快的速度来到医院门口，看到了那个叫小俊的孩子。孩子已经发病了，脸上身上都是疱，全身都满是小血点，很脏。张颖什么话也没说，先去为孩子办理了住院手续。交完钱之后，小俊的大伯，一个三十多岁的汉子，当着众人的面就给张颖跪下了。当时小俊五岁，父母是在三年前去世的，之后爷爷忍受不了重压，也去世了，小俊与奶奶相依为命。在人们歧视的目光中，小俊变得孤僻而自卑，不对任何人说话，因为他不信任任何人。

小俊在医院住了半个月，出院的时候，又白又胖，身上的小疱疹都下去了，但还是不说话。半年后，张颖又接到了小俊大伯的电话："张会长，我妈去世了。你把小俊接走吧。我们家没办法带他。"张颖自己的儿子还要让妈妈带呢，她只好为小俊找了户人家。这老两口心特别好，对小俊非常热心，不但照顾他吃饭睡觉，还给他洗澡。这年的春节之后，张颖突然接到小俊的电话。

小俊在电话里说："妈妈，给我买酸奶，给我买糖。"

张颖愣了一下，眼泪立刻就下来了。这是小俊第一次叫她妈妈！此前，张颖经常去看望小俊，小俊渐渐地不再对她戒备，但从来不肯开口叫她妈妈。那老两口怎么哄也不行，急得这两位老人说："这孩子！背地里我们问他谁给你买衣服谁给你治病，他都说是妈妈，可懂事呢。怎么见了你就不叫呢？"现在，在电话里，小俊终于开口叫她妈妈了，她比听到亲生儿子第一次叫妈妈时还激动。两年了，从来不开口与人说话的小俊叫出了妈妈两个字，并且向妈妈要酸奶、要糖。这是儿子对母亲提的要求，说明小俊从心里认定张颖就是他的妈妈。

孩子太多，张颖跑不过来，于是，每个周末，张颖都把他们组织在一起，唱歌、做游戏、学英语，让他们感受到人们的关爱，感受到相互之间交流的快乐，努力帮助他们走出艾滋的阴影。为了周末的聚会，张颖出差都尽量安排在星期天，如果出发在外，不论多么忙，她都要在周五晚上回到阜阳。因为在孩子的眼中，周末最快乐的事情就是能见到"妈妈"，如果张颖不来，他们会感到很失望。而张颖也惦记着每一个孩子。周末的聚会是她与孩子交流的最佳时机，是她和孩子们的节日。

在周末聚会的300多个孩子中，有一个是张颖的亲生儿子，他跑着跳着，与哥哥姐姐们一起唱歌一起做游戏，一起喊张颖"妈妈"。

感悟与思考

雪中送炭最难得。艾滋病，一个可怕的字眼。多少人避之唯恐不及，张颖却抛开了世俗的偏见，以一个母亲的情怀温暖了300多个失去亲人的孩子。妈妈的爱最温暖。当张颖以深挚的母爱拥抱这些孤苦的小生命时，这些在痛苦中挣扎的小生命终于再次回到温暖的港湾。

比金钱更珍贵的是爱心，与母爱联系在一起的是责任。当张颖决定把抚养孤儿的重担挑起来时，她不仅要面对巨额的金钱支出，更困难的是要面对无休无止的感情投入。在孤儿与家庭之间，紧张的生活中有太多她力不能及的矛盾时刻，她痛苦、疲惫，甚至委屈地落泪，但她坚持着走到了今天。是爱的支撑，让她执著并坚强。

有了张颖，社会多了一些光明的角落；有了无私的爱心，生命多了一份温暖的美好。灾难面前，生命需要携手应对。伸出爱的双手，走近那些挣扎在痛苦中的生命，让我们一起完成爱的接力。

生命中的天使

一位德国“未婚妈妈”，一个中国残疾孤儿，演绎了一场跨国的母子之情，这是一个感动了无数中国人和外国人的故事。

“非典”时期七个月的隔离，成就了一对跨国“母子”

44岁的德国姑娘玛格黛克中国名字叫“白雪”。她个子高挑，白皮肤、蓝眼睛、黄头发。在德国，她是一名专门照顾老人的护士。1999年，她来到中国天津，学习了两年半的汉语，之后进了一家国际慈善组织在沈阳的办事处，专门负责培训中国康复护士。

沈阳福利院的这个黑头发、黑眼睛、黄皮肤的小男孩名叫沈庆蓝，是个孤儿，先天残疾。白雪与国际慈善机构的同事们第一次来到沈阳市福利院时，恰遇沈庆蓝犯病，正在抢救。白雪的同事中有一位名叫恩泽尔的美国护士（中国名字叫黄茜），也是个极有同情心的人。恩泽尔是培训中国护理人员护理婴幼儿的，对这个孩子就特别地关注，等孩子病情稳定，恩泽尔主动提出把孩子带在身边。

俗话说得好，看起来容易干起来难。美国护士恩泽尔带着沈庆蓝没多久，就累坏了。沈庆蓝并不因为带他的是外国人而有所收敛，因为有病，他特别能闹，喝奶特别多，比一般的孩子多出一倍，而且，即使喝足了奶也不像一般的孩子那样睡觉或是自己玩，而是一个劲儿地哭闹。德国姑娘白雪见此，就主动提出帮恩泽尔带孩子。美国护士当然是求之不得。就这样，美国妈妈带一个月，德国妈妈带一个月。小小的沈庆蓝就好似掉进了蜜罐子里。

相比之下，白雪对沈庆蓝更加关注。孩子好哭好闹，白雪就用一根德国母亲带孩子专用的长布条，把孩子兜在怀里。说来也怪，孩子贴着她的身子就安静了。那专用长布条其实就是很长很宽的一大块布。正是三伏天，沈阳的夏天也是非常热，白雪上下班都用这块大布兜着孩子，胸前背后都汗淋淋的。同事们都劝她别用布带子了，太热，她却说，这样孩子舒服。带孩子使白雪感觉到辛苦，更体验到做母亲的快乐。

转眼就到了2003年的春夏之交。一场突如其来的“非典”打乱了中国人的生活，也改变了白雪与沈庆蓝的关系。当时，美国护士恩泽尔恰巧回国探亲了，不在中国，沈庆蓝正由白雪带着。由于隔离，白雪不能出门，当然也不能到福利院去，只能在家与沈庆蓝朝夕相处。孩子的腿一长一短，还伸不直，白雪就想尽一切办法帮他进行康复训练。为了让孩子吃得更好，她还请了位中国保姆帮着做饭做菜。孩子感受到她的爱心，每天都非常快乐。为了使孩子健康成长，白雪决定给他做一个书桌。她找到一位会木工的朋友，一起对沈庆蓝的身体反复测量，针对孩子背弯、腿伸不直等情况，精心设计桌子与椅子。白雪还亲自去购买材料，前前后后历时一个月，做成一套世上独一无二的桌椅。小庆蓝坐在上面看书、写字画画非常合适、舒服。白雪拿出幼儿画报讲给小庆蓝听，小庆蓝乐得咯咯笑，白雪也非常开心。白雪与沈庆蓝的关系飞速升温，两个人不但用汉语对话，白雪还教孩子说英语，因为她担心自己的汉语不够正宗。沈庆蓝虽然身体残疾，但非常聪明伶俐，学英语学得很快，非常乖，一口一个“白雪妈妈”，叫得非常亲切。加上德国妈妈白雪，沈庆蓝已经经历了四位好心的女性，其中两位是中国人，两位是外国人。幼小的他把这四位都视为自己的妈妈，玩到高兴时，他不无得意地向白雪炫耀说：“白雪妈妈，连同你，我一共有四位妈妈，”他扳着指头说，“红梅妈妈、小保姆阿姨妈妈、美国的黄茜妈妈，还有你，德国的白雪妈妈！”白雪笑着对他说：“那可不行。每个人都只能有一位妈妈的。”小庆蓝不解地问：“为什么呀？我就是有四位妈妈嘛！”

可是，当七个月的隔离解除后，沈庆蓝再也不说他有四个妈妈了，也不再叫白雪“白雪妈妈”了，而是直接称她为“妈妈”。不但如此，他还学会了英语，可以与白雪用英语对话。

沈庆蓝离不开白雪，白雪更离不开他。白雪“违约”了，尽管那位美国同事已经回到中国，她却再也不肯与美国同事共同养育小庆蓝了。为了能长期地与“儿子”在一起，她查阅了中国法律，到相关部门办理了助养手续，名正言顺地为小庆蓝当起了“妈妈”。她的这个中国儿子也非常懂事，尽管身体有残疾，却经常帮妈妈洗碗、擦地。

德国姑娘助养中国残疾儿童的事情让许多人感动。许多人关心着小庆蓝，给他送来各种玩具。小庆蓝生活得很幸福。

“儿子”被查出重症，白雪遭受煎熬

然而，这样的日子没能持续多久，2004年4月，小庆蓝的驼背突然加重，用上矫正支架后还是没有好转，到医院一查，原来孩子有骨结核！这可是重症，如果手术不及时或治疗不恰当，小庆蓝轻则瘫痪，重则随时可能失去生命。白雪如雷轰顶，她的第一个反应就是一定要抢救儿子，一定要把儿子的病治好！她带着小庆蓝跑遍了全中国，各种各样的治疗方法都用过了。每次治疗时，白雪一边给小庆蓝擦汗，一边给自己擦眼泪。2005年5月，她在好心人的指点下，带着小庆蓝来到了南京鼓楼医院。经过专家确诊，小庆蓝需要经过三次手术才有望康复，手术费大约一共需要10万元。这使得白雪非常为难，因为她从事的是慈善事业，没有工资，她平时的生活费都是靠亲戚朋友的资助，到哪儿去筹集这一大笔手术费用？但这丝毫不影响她的决心。白雪四处借钱，变卖了自己在中国的家当，终于筹到了6万元钱。9月29日，小庆蓝接受了第一次手术，进行脊椎牵引。在手术的前几分钟，白雪还和小庆蓝一起玩游戏呢。可看着孩子进了手术室，白雪的泪就像是断了线的珠子一样掉个不停。

更大的考验是二期手术：脊椎矫正手术，这是整个治疗中最危险的环节。小庆蓝的背部将被打进8~10根钢钉，然后脊椎骨将被截断，之后加压将它们重新排列并进行矫正，最后再固定好。众所周知，脊椎骨是中枢神经所在，稍有闪失，小庆蓝就会瘫痪。手术定于10月25日上午进行。作为护理专家，白雪深知手术的危险性，手术前的那晚她一夜没能合眼。她一直在祈祷上帝保佑自己的儿子。喜欢海的她回忆起自己在见到小庆蓝的前一天夜里曾做过一个奇异的梦：天蓝蓝，海蓝蓝，一波波的海浪向她涌来，平坦的沙滩上，突然有一个孩子张开双臂朝她跑来，口里还喊着妈妈、妈妈！似醒非醒之际，她还似乎听见上帝告诉她，这是你的孩子，你们将永远相伴。这之后她就与小庆蓝见了面。所以她一直认为小庆蓝就是上帝赐给她的最奇妙的礼物。

小庆蓝被护士带走了。白雪开始了长久的等待。说来也奇怪，尽管一夜没睡，她却一点也不困。尽管手术极其危险，她的心却非常平静。因为她想起梦中上帝曾对她说，她与儿子将永远相伴，所以她相信，儿子一定会平安的。

好人一生平安，爱心感动中国

果然，小庆蓝挺过了第二期手术以及后来的第三期手术，而且恢复得相当好。白雪的事迹经媒体传播，感动了许多中国人。人们说，白雪对小庆蓝的爱跨越了国界，跨越了血缘。许多人被她的事迹感染，深圳一位女士给她寄来了10000元钱，南京的一位女士给她寄来了6000元钱，还有一位女士给她寄来了4000元钱。医院也主动减免了一部分手术费。这一切都使白雪非常感动。由于捐助者都不愿意留下姓名，白雪只好对记者说：这都是上帝给我和儿子的钱。

孩子激发了白雪的母性，使她改变了许多。以前，白雪上下班都是挤公交车，偶尔打的，都是按德国人的习惯与搭伙乘车的同事分摊车费。自从有了小庆蓝，怕委屈了孩子，白雪上下班总是打的，而且，即使有同事一同乘车，她也总是自己付费，因为她觉得这车是为儿子打的。

更大的改变还在于她对人生和家人的态度。白雪自幼生活得并不幸福。她是由奶奶带大的，但奶奶并不喜欢她，几乎天天打她骂她，父亲对她也很冷漠，这使她心理很受伤害。有了小庆蓝之后，她的心态变了。她原谅了自己的奶奶和父亲，她给父亲写了一封信，说她原谅了他。父亲接到信后很感动，马上打过电话来说："女儿，我接受了你的来信。"

眼下，小庆蓝健康状况良好，正在康复。白雪的最大愿望就是永远与儿子在一起。她说，教儿子一段时间的英语后，还要再教儿子德语。她希望小庆蓝健康成长，好好学习，将来当个好老师，帮助其他的孤儿和残疾孩子。

感悟与思考

白雪，一个中国孩子的德国妈妈，一个具有伟大母爱的年轻女子，一个感动了无数中国人的美丽天使。小庆蓝与白雪相遇，成为她的儿子，是上帝给予小庆蓝的真正的生命礼遇。

跨越国界，爱依然馨香无比。白雪虽然是德国人，却向中国残疾儿童敞开了爱的怀抱。生命可以有国界，但是爱不会因此而阻隔。白雪姑娘以她的实际行动诠释了人间大爱。当年，白求恩的跨国之爱感动了全中国，今天，像白雪这样的爱心天使正在中国这片土地上默默付出着。中国，感谢他们！生命，感激大爱在心的人！

小姨
嫁给我爸爸

为了一个生死的承诺，为了姐姐的四个孩子，她付出了自己一生的幸福。小姨妈的恩情比山高、比海深，董富梅的事迹，感天地，泣鬼神。大团圆的结局是我们所企盼的，但这却开始于那个艰难的选择。

为了完成姐姐临终的嘱托，她放弃了自己的幸福

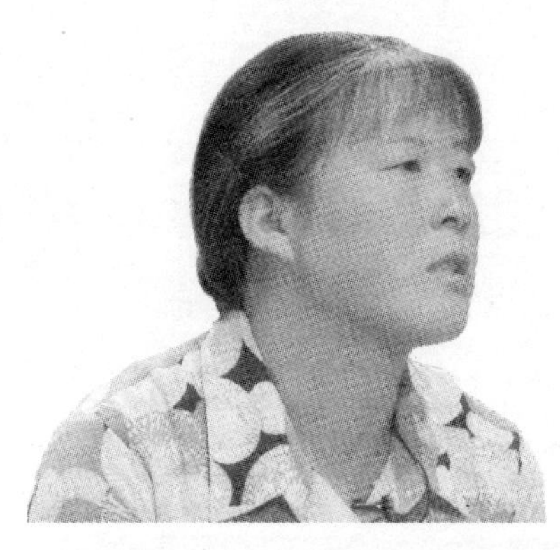

董富梅，1968年生于山东菏泽市定陶县张湾镇，上有两个哥哥和两个姐姐。大姐董富荣，长她15岁。董富梅从小是由姐姐看大的，姐妹俩感情极深。1976年，董富荣出嫁后，姐妹俩仍经常交往，妹妹的事姐姐关心，姐姐的事妹妹牵挂。

1988年，董富梅高中毕业后，在县城一家纺织厂上班，并与同事赵宏伟相恋。第二年夏天，两个人开始商量结婚事宜。两家人把好日子定在1990年春节。然而，就在两个年轻人憧憬着美好未来时，董富梅的大姐病了，经查，是子宫癌晚期。

怀着极其悲伤的心情，董富梅到医院看望大姐。由于大姐还不知道实情，董富梅强忍泪水，含笑与姐姐拉家常，安慰姐姐。实际上，董富梅知道，姐姐这一病，她家就真的塌了天。前几年，大姐夫范德荣因农药厂的一起意外事故，双目失明，丧失了劳动能力，家里四个孩子、一个盲人加上年迈的公婆，里里外外全靠姐姐一个人承担，只要有时间，董富梅总要跑来帮姐姐分担些家务。姐姐一旦出现不测，这个家不就完了吗?

医院尽全力救治董富荣，先后给她动了两次大手术，然而活检结果却非常残酷：癌细胞在继续扩散。医生断定，董富荣最多还能活一年。

得知这一消息，董富梅双泪长流。她毫不犹豫地辞去工作，住进了大姐家里，照顾大姐，并帮助大姐照顾四个孩子。四个孩子全是男孩，老大范涛峰9岁，老二范登旗7岁，老三范胜辉6岁，老四范胜召才1岁!

苦和累，她都认了，她要帮姐姐渡过难关，她只盼奇迹出现，姐

姐早日康复。

然而，现实是残酷的。姐姐的病一日重于一日。

这天，姐姐拉着她的手说："我最放心不下的就是这四个孩子，我这一走，家里穷，你姐夫又瞎，再给孩子娶个后妈根本不可能，唉，我是死也闭不上眼啊！"

姐妹俩放声大哭。

由于姐姐的病，董富梅的婚期也被推迟了。

1990年春节过后，董富荣的病情再度恶化，医生叫家中安排后事。董富荣自知将不久于人世，4月的一天，董富荣当着公婆的面，把四个孩子叫到床前，拉着妹妹的手说："小妹呀，我快要不行了，姐求你一件事儿，这四个孩子，帮姐拉扯大吧。"

董富梅没有犹豫，当即说："姐，你放心吧，只要有我在，孩子们就不会受委屈！"

大姐还想再嘱咐点什么，可是已经没有力气了。她用手指指孩子，又指指妹妹，当她指到最小的范胜召时，手无力地垂了下去。

姐姐去了。董富梅哭得几次昏了过去。料理完姐姐的后事，董富梅陷入两难之中。一边是自己亲爱的恋人，一边是四个无人照料的孩子。她知道，选择恋人，意味着甜蜜和幸福；选择姐姐残破的家，则是无尽的苦难。然而，姐姐临终时的嘱托令她挥之不去，四个孩子的身影，尤其是最小的胜召，老在她眼前出现。她无法忘记胜召咿呀学语时，喊她妈妈的样子。自己当时是既兴奋，又害羞。她实在不忍心丢开胜召去寻找自己的幸福。

经过彻夜思考，她找到赵宏伟，提出了自己的条件：要么退婚，要么结婚后与姐夫及四个孩子一块儿住，帮助姐夫照料四个孩子。赵宏伟根本没想到她会提出这样的条件，虽然他一百个舍不得，但最后还是选择了退婚。

忍痛割爱之后，董富梅下定决心，兑现对姐姐的承诺。

董富梅的决定招来一片反对之声。父母及姐姐、哥哥都说她疯

了。街坊邻居也风言风语，说什么难听话的都有。

铁了心的董富梅完全不理会这些。1990年4月25日，董富梅瞒着家人，来到大姐家。范德荣得知小姨子的来意后大惊失色，连说不可，他说："你姐姐只是求你帮着照顾孩子，没说让你嫁给我呀！"

他又说："我是个瞎子，又比你大15岁，你来到这儿，不是明摆着往火坑里跳吗？不行！"

董富梅不理姐夫，把四个孩子招呼到身边，含着泪说："从今天起，我就是你们的妈妈。"范胜召高兴得一头扑在她怀里，连叫妈妈。而范涛峰则站在爸爸一边，说："小姨，我和爷爷、奶奶、爸爸一起，会把弟弟们照顾好的，你回去吧。"

董富梅对范涛峰、范德荣说："我不会走，这里就是我的家，我要让你们过得一天比一天好。"

当天晚上，董富梅把几个房间整理了一遍，洗了家中所有的脏衣服，忙了整整一个通宵。第二天早晨，她不顾范德荣的反对，拉着他到镇上办理了结婚手续。没有婚礼，没有婚宴，只有范德荣几个最要好的工友，闻讯过来喝了两盅酒，算是祝贺。

就这样，董富梅用自己瘦弱的肩头，义无反顾地撑起了这个家。

董富梅的父母得知消息时，董富梅早已成了范德荣的合法妻子。一气之下，他们宣布与女儿断绝一切关系。

董富梅注定要自己承担自己的选择。

无私的付出换来丰厚的回报，四个孩子全部考上大学，创造奇迹

丈夫和公婆以及孩子们都需要照顾。一大家人的吃喝拉撒全得靠她，上学的孩子要交学杂费，姐姐治病时欠下的一万多元债务要偿还。一时间，千头万绪，扑面而来。为了撑起这个家，董富梅承揽了12亩地，起早贪黑地干，几次昏倒在地头田间。她买来一台缝纫机，

为四邻加工服装，赚一点加工费。她还腾出一间靠街的房，弄了个小代销部。她恨不得把自己撕成几个来干活挣钱。然而家里还是入不敷出，捉襟见肘。最困难的时候，她也绝望过，困惑过，可这时，姐姐的脸庞就会浮现在她面前，姐姐的嘱托和自己的承诺就响起在耳边，她就又鼓起了勇气。

范德荣眼睛虽然看不见，但心里雪亮。他对董富梅感激不尽，恨不得多替她分担一些家务。他摸索着做饭，甚至到田间帮她打下手干农活。他还通过听收音机学会了按摩，每天晚上都要为劳累了一天的妻子按摩。丈夫体贴，孩子们听话，都使董富梅在劳累之余，又欣慰不已。

1993年9月，老大范涛峰升入初中，由于学习刻苦，成为全班学习最好的学生。董富梅知道后，买了些水果到学校感谢老师。交谈中，班主任得知她和孩子们的情况后，十分感慨地说："要彻底改变家庭状况，让孩子们都有一个好前程，唯一的出路就是让孩子们刻苦读书。"

老师的话令董富梅眼前一亮。对呀，只有这样，才能圆满完成对姐姐的承诺。从这天起，她每天晚上陪四个孩子读书，写作业，对于学习好的，及时表扬奖励。然而，新的问题又出现了，这天晚上，范胜辉突然说头晕。董富梅带他到医院检查，发现是用脑过度和营养不良所致。为了给全家人增加营养，董富梅买来小石磨，学会了做豆浆和豆腐，让全家人每天都能吃上豆制品。

但是，范涛峰读到初三，突然提出不上学了，要去打工挣钱。董富梅第一次冲着孩子发了火，她说："我甘愿吃苦受累，为的就是你们好好读书，日后有出息，你不读书了，对得起我吗？对得起你死去的妈吗？"范涛峰哭着说："姨妈，我是不忍心看着你太辛苦了。"董富梅说："只要你们有出息，苦点累点没关系。你是大哥，要带好这个头！"

范涛峰含着泪，使劲点了点头。

1996年，范涛峰以优异成绩考进定陶县第一中学。上了高中后，由于离家远，要住宿，每月要上百元生活费。为了挣钱，董富梅到野外挖中草药，还到城里捡废品，想尽了一切办法，解除孩子读书的后顾之忧。

孩子一天天长大，也一天天懂事了。1999年春天，范涛峰约了几个要好的同学一同回家。中午，当大家围坐到桌前准备吃饭时，范涛峰带着三个弟弟站起身，齐刷刷地冲董富梅叫了声“妈”！

董富梅一时怔住了。范涛峰流着泪说：“妈，这些年你为我们付出了太多太多，可我们一直喊你姨妈，从今天起，我们都改叫你妈妈。我特地请了几位同学做见证人。”

董富梅热泪盈眶地说:“好孩子，叫什么都一样，只要你们有出息，再苦再累我也高兴！”

董富梅的无私付出，感染着孩子们。四个孩子都特别懂事，学习非常勤奋。1999年9月，老大范涛峰考上了南京航空航天大学；2000年9月，老二范登旗考上了济南陆军学院；2001年9月，老三范胜辉考入青岛大学；2007年，老四范胜召以定陶县第二名的好成绩考进大连理工大学。四个孩子全部考进大学，创造了远近闻名的奇迹。

如今，学业有成的孩子们一个个都有了自己美好的事业和家庭。范涛峰被本校推荐读研究生后，选择了留校任教，并与也在南京任教的女友喜结连理。范登旗则与济南军区总医院的女友亲密牵手。孩子们有了钱，首先想到的是回报劳苦功高的妈妈，他们回家翻盖了房子，又经常给妈妈寄钱让妈妈补身子。听说妈妈身体不适，孩子们立即赶回家，带妈妈到医院检查，直到确定无大碍才放心而返。而董富梅，在得到孩子爱戴的同时，也终于得到了自己父母的理解，她与丈夫一起，带着两个人所生的女儿，第一次回到了阔别多年的娘家……

感悟与思考

故事的主人公董富梅为了完成对姐姐的承诺，为了照顾四个幼小的孩子，在姐姐死后，不顾家人的反对，放弃了自己的爱情，嫁给了双目失明的姐夫，一个人支撑了整个家。董富梅面临的生活是艰难的，但是她坚定地走了下来，完成了姐姐的嘱托，为国家培养了四个栋梁之材。

爱会使人坚强，会使人产生无穷的力量；爱是经久不息的牵挂，是心中的幸福。董富梅，一个平凡的女子，让我们感受到不平凡的爱的力量。

张品正
与金奶奶的幸福生活

原本只是邻居的她，在老人需要照顾时，义无反顾地站了出来，三十多年如一日照顾老人，几次把老人从死神身边拽了回来。她这样做，只是为了履行父亲的教诲：受人滴水之恩，当涌泉相报。

时间是2006年12月27日下午。地点是北京市通州区北苑一家不大的酒楼里。大厅里布置好了鲜花、红地毯、生日蛋糕，一片红火与欢乐的气氛。这又明显不是给一般的人物庆寿，瞧，区委、街道、社区的领导都来了，妇联、老龄委的领导来了，电视台、报社的记者也来了。当生日歌唱起，一位中年妇女扶着一位老奶奶来到主宾席落座时，宴会进入高潮，这位名叫金学珍的老人，今天已经100岁了。扶着她的是她的孙女，叫张品正。老寿星穿着特意准备的大红衣衫，脸上露出安详的微笑，双手抱拳，向来宾一一致意。

然而，更让人们关注的，还不是金老太太100岁寿辰，而是她的孙女张品正。从1974年开始，张品正就开始照料金奶奶，至今已经30多年了。她全心全意照顾金奶奶的事迹被媒体宣传后，张品正也成了一方名人，并被评为通州首届“公德之星”。

或许有读者要问，照顾自己的奶奶，不是应当的吗？怎么还评为“公德之星”呢？原来，张品正与金学珍老人非亲非故，硬要说渊源，还要从50年前说起，那时金学珍与老伴曾是张家的房客。

一句安慰的话成了她一生的承诺

金学珍的丈夫姓许，生前是通州区水泵厂的职工。上世纪50年代，金奶奶随丈夫从天津来到通州，租住在张家的房子里。两家都是厚道人，关系非常融洽。即使后来金奶奶搬走了，也经常过来与张品正的妈妈拉家常，帮张家做些家务。再后来搬得远了，金学珍还是经常往张家跑，觉得与张家特别有缘。张品正的妈妈本来没有工作，全家人生活全靠张品正爸爸的工资，生活也很不宽裕。1980年新春前夕，张品正的妈妈找到了一份临时的工作，因为工作比较累，干了不多久，她就决定辞职。恰好金学珍来串门，说起这事儿，金学珍就建议她再坚持一个月，多挣一点儿钱，好让家里也稍微宽松点儿。张品正的妈妈听从了金奶奶的建议。结果，就因为多坚持了这一个月，她的人生发生了戏剧性的变化。春节过后，单位领导让她填一张表，居然是临时工转正的登记表。在那个年代，能找一份正式工作是非常不容易的。成了正式工，就相当于有了金饭碗，自己一辈子生老病死就有了保障，家里也增加了很大一部分收入。现在张品正的妈妈70岁了，早已退休的她每月能领到1000元的退休金。她常对女儿说："我能有这么安逸的后半生，全是因为你金奶奶当时的建议，你金奶奶对咱们家是有恩的。"父亲也经常教育张品正，受人滴水之恩，当涌泉相报。

1974年9月9日，老伴去世后，终生未育的金奶奶失去了唯一的依靠。出殡时，张品正看到金奶奶死死拽着老伴的衣服跪倒在街头，哭得死去活来："我一个人在世上是个无儿无女的绝户，你走了谁来管我呀！让我跟着你一起走吧！"撕心裂肺的哭声让年仅19岁的张品正万分痛楚，"绝户"这两个字更是像刀子一样剜着她的心，她走上前，扶起金奶奶，坚定地说："奶奶，您别哭了，许爷爷走了，我养您，以后我就是您的亲孙女！"

也许在别人看来，这只是一句安慰的话，然而对张品正来说，这却是一个郑重的承诺，她将用一生的时间去实现自己的诺言。从此，她就像照顾自己的亲奶奶一样，照顾起了金奶奶的饮食起居。她的两个弟弟一个妹妹也都跟着姐姐学，只要有时间，就来陪金奶奶说话，帮金奶奶做家务。

1979年11月，72岁的金奶奶心脏病发作，张品正和家人把金奶奶送到医院，医生对张品正说，没什么希望了，回家后，老人愿意吃什么给她买什么吧。张品正用三轮车把老人拉回家，老人坐都坐不起来，只能躺着，几天几夜不吃不喝。张品正不放弃，她搬到老人的住处，不论白天黑夜都陪着老人，一连找了好几个大夫给老人诊疗，但老人依然气若游丝，好像随时都可能离开。张品正听别人说，人死了以后，要趁尸体还温的时候穿寿衣，如果凉了，胳膊腿都硬挺了，就连寿衣都穿不上了。她生怕老人断了气没人知道，就与老人一个被窝睡，还把一只手搭在老人身上，只要老人身子是温的，就说明老人没有去世。一夜过去了，老人呼吸平稳，又一夜过去了，老人居然睁了睁眼。经过张品正一段时间细心的照料，老人的病竟奇迹般地好了。事后张品正说："整整一夜，我都没敢合眼，不停地去摸老人的体温和鼻息，生怕万一出事没人知道。"金奶奶病愈后自豪地对人说："丫头对我这么好！我都要死的人了，她都不害怕，还能跟我睡一被窝儿。就是亲生儿女，有几个能这样？"

从此，张品正就与金奶奶住到了一块儿。

张品正对金奶奶的照顾，可谓无微不至。日常生活就不用说了，金奶奶年轻时落下了脚生冻疮的病，每年冬天都犯，不到农历十月，她的脚上就生冻疮。为了不让老人犯冻疮，张品正天天晚上给老人烫脚，烫透了，擦干水，抹上冻疮膏，用纱布包好，再用橡皮胶固定好，最后穿上一双厚袜子。晚上睡觉这双袜子也不能脱。冬天，张品正都是给金奶奶买39号的棉鞋。虽然老人是小脚，但套上两双厚袜子，或者一双棉袜子，就得穿39号的鞋了。这样日复一日，一直保持到第二年的三月底，春暖花开了，才算渡过一关。

不是一家人，不进一家门

1980年，经人介绍，张品正认识了男朋友高宝奎。两个人第一次约会是由介绍人安排的地方。张品正发现高宝奎虽不善言辞，但憨厚朴实，可以交往。第二天，高宝奎电话约她再见面时，她说下班后要到奶奶家去陪奶奶，高宝奎人憨心眼活，当即说那我在半路等你吧。这样，张品正就把刚认识的男朋友领到了金奶奶家。金奶奶是小脚，打水不方便，以往都是由张品正去井边挑水。那井实际上是一眼离地面不是太深的泉子，把桶拴上绳子扔下去，荡满水再提上来，别说是小脚而且年纪大的金奶奶，就是年轻力壮的张品正，荡水时心里也挺不踏实，有点儿害怕。于是她宁可多走四五里路，从娘家挑水来。从与高宝奎第三次见面起，张品正就挑着水往金奶奶家走，到了半路，高宝奎自然就接过担杖。不挑水的时候，两个人就捡柴火。路边恰好有个桃园，往常只要不挑水，张品正总要顺手捡点干树枝什么的，第二天给金奶奶烧炕做饭用。于是这也成为两个年轻恋人约会的内容之一，即使是没有月亮，两个人摸着黑也要捡一些柴火带到金奶奶家。到了金奶奶家，张品正忙前忙后地伺候金奶奶，高宝奎也不甘落后。到了两个人谈婚论嫁的关头，不用张品正提条件，高宝奎就主动说："金奶奶离不了人照顾，咱们结婚后，把金奶奶接过来一块儿住。"

这样的小伙儿，张品正当然不会放过。

高宝奎顺利通过考验，把张品正娶回了家。结完婚，小两口马上兑现诺言，真心实意地把金奶奶接到家里住，可金奶奶在新房里总住不踏实，少则一个星期，多则半月，就闹着回自己的住处。张品正和高宝奎只好跑去照顾她。但是一个突发事件，使得金奶奶放弃了独住。

1981年的夏天，那时张品正已经怀孕了，学校放暑假，她在家休息，便把金奶奶接了过来。晚上九点，金奶奶要上厕所，可她自己觉得浑身没劲儿，动不了。张品正就与高宝奎架着她。厕所那儿有一个台阶，还没迈上那个台阶，老人突然一下就晕过去了，嘴也咬得非常紧，胳膊、腿都挺了。小两口哪见过这阵势，赶紧送医院。高宝奎是北京水泵厂的职工，他从厂里找了辆车，把老太太从三楼抱到车上。车迅速开到医院，经查是急性痢疾，抢救之后又拉回来，还是高宝奎把老太太托抱上三楼。然后高宝奎又请中医，熬中药，跑前跑后不得闲。这一切，金奶奶都看在眼里，病好后，她就与小两口住在了一起。原来，老太太原先有顾忌，张品正她是一百个放心，而高宝奎是什么样的人，虽然观察了一年，毕竟不是太放心。经过这一折腾，她彻底放心了。她常常说，好人哪！还真是不是一家人，不进一个门呢！

幸福的一家人

时间过得飞快。现在张品正和高宝奎的儿子高飞已经25岁了，金奶奶身体也越来越结实，当年急性痢疾入院时，才80多斤重，现在体重到了100斤了。除了从中年就因为中耳炎耳背，到老彻底听不见之外，身体和思维都没有毛病。100多岁的她，身体还挺硬朗。她乐呵呵地说，都说养儿防老，我无儿无女，却照样活得很幸福。

话是这么说，人老了，总有烦心事，总有想不开的时候，尤其是到每年的9月9日老伴的忌日。每到这一天，老太太总是很郁闷，特别是近些年，竟然拒绝吃饭。她对劝解她的张品正和高宝奎说："你们甭劝我。我活够了，活这么大没意思，一天就吃两顿饭，给你们添那么大累赘！"

好不容易给老太太喂进一口饭，老太太竟然吐了出来。

看到这个情景，儿子高飞马上接过了妈妈手里的饭碗。他说："老奶奶，你不吃饭怎么行呢？我今年就要结婚了，你可要壮壮实实的，等着给我看孩子，抱您的曾孙子呀！"

老人家眼珠子转了转，笑了，老老实实地张大嘴，让高飞喂她。

其实老太太非常通情达理。她知道，如果高飞结婚之前她去世了的话，就会不太吉利，所以她就不再固执。再说，高飞是她从小看大的，高飞的零花钱都是由她给（当然是张品正事先给她的），高飞一口一个老奶奶，对她非常亲，她也把高飞当亲重孙看，一天不见也不行，直到上四年级，高飞还与她一个床呢。说到此，高飞解释说，与老奶奶一个床，其实是为完成妈妈安排的任务，他和老奶奶住楼下的小屋，万一老奶奶有什么情况，他就按床下的小摁铃，小摁铃联着楼上爸爸妈妈床头的铃铛，爸爸妈妈就会在第一时间下楼救治。

说到老太太的通情达理，张品正还讲了好多细节。比如，老人能精细地计算出高飞上夜班的日子。如果高飞不上夜班，她就让张品正多陪她聊一会儿，毕竟，由于耳朵坏了，只有张品正能与她交谈。老太太说话没问题，可别人说什么她就不知道了，但张品正说什么，老太太从她的嘴型上就能看出来。毕竟相依为命30多年了，两个人用手势，甚至眼神就能交流。可是，如果高飞上夜班，金奶奶就催促张品正快给她脱衣服，安排她睡下后好早一点给高飞做饭。

当然，毕竟人老了，有些事情也让人哭笑不得。家里买了冰箱后，冬天为了省电，张品正就把东西取出来，断电后擦干净，不用了。过几天高宝奎找鞋找袜找不着，最后拉开冰箱门一看，嗬，都在冰箱里呢，塞得满满的。原来老太太觉得，花钱买来这么大的一个器物闲置着，可惜了，就自作主张利用起来了。解释之后，她也笑了。老人头脑清楚，接受新事物还是蛮快的。

节俭是中国老人的共性，金奶奶也不例外，家中大事小节，她都要管。洗脸水不许倒掉，留着冲厕所，炒菜加油多了，她也干涉，久而久之，全家在金奶奶的管理下事事处处注意节约。结果张品正学校盖房子时，工薪阶层的她，连买房带装修花了十几万，没过几年，高飞要结婚，家里已经又攒下了10万元。张品正感慨地说："家有一老，确实是宝。如果没有金奶奶，我们家根本不可能有这么多积蓄。"说到这些年的感受，张品正却没有话了，她说就是平平常常过日子，没什么可说的。硬要总结的话，她说孝敬老人不能光是说，要去做，不但要管她吃，管她喝，还要从精神上了解老人，得给老人“做思想工作”。

说到孝，张品正的眼圈突然有些发红。她说自己的母亲也七十多岁了，身体不是太好，甚至有时还犯迷糊，为了防止母亲走丢，她还给母亲做了块牌子，写上家庭地址联系电话什么的，母亲出门买菜时给母亲戴上。因为之前她与母亲一块儿出门，她弯腰选菜的当儿，母亲自己就走了，家在北面，她却往南走，幸好碰上个邻居，才把她领回家。她说，为了照顾母亲，七十多岁的父亲学会了做饭做菜。这令她感慨不已。

她还说，自己其实还挺愧对丈夫。一天下来，只有中午的那点时间，多则一个小时，少了只有半小时，是与丈夫在一起，其他时间都陪着金奶奶。

对此，高宝奎觉得很应该，他也习惯了，帮助妻子照顾金奶奶早成为他生活的一部分。他和儿子一直都把金奶奶当做亲人。

张品正的事迹传开后，先后有好几家电视台扛着机子来采访。老太太还挺配合，一本正经，瞪大眼盯着摄像机。记者说，老奶奶你放松点儿，该做什么还做什么，生活化一点儿。她听不见，照样绷着脸盯着镜头。记者又说：“老奶奶，你吃点东西吧。”这次她懂了，但是不配合，怎么劝也不张嘴。

这样折腾了几次后，有一天她问张品正：“他们老来拍，拍这么多，是不是要出口呀？”张品正一愣：“出口？出口干什么？”老太太说：“咱们中国有这么长寿的，外国没有，他们拍了是不是拿到外国去吹牛呀？”

张品正忍不住笑了。怪不得老太太一本正经、坚决不吃东西，她是在维护中国人的形象呢！

感悟与思考

故事中的主人公张品正对金奶奶的爱是真挚的。面对无儿无女的金奶奶，张品正给予了金奶奶无微不至的关怀，屡次将金奶奶从生死线上救回。面对生命的挑战，张品正是艰辛的，同样也是执著的。金奶奶一次一次从痛苦中站了起来，因为她明白张品正对她的爱。爱让柔弱的张品正变得勇敢、执著而坚强。

张品正与金奶奶、高宝奎、高飞是善良幸福的一家人，他们相亲相谅相助，还真应了金奶奶的那句话："不是一家人，不进一个门。"

我们又该怎样做呢？